De l'Amour

et des Anges

Edition : BoD - Books on Demand 12/14 rond-point des Champs
Elysées 75008 Paris Imprimé par BoD – Books on Demand,
Norderstedt

ISBN : 9782322084753

Dépôt légal : dernier trimestre 2017

Azel Bury

De l'Amour

et des Anges

Novella

Azel Bury présente :

La Femme qui tua Stephen King
(thriller comique) 2008

La Baie des Morts
Série Irma&Adriel 1
(suspense) 2014

Orisha Song
Série Irma&Adriel 2
(suspense) 2016

De l'Amour comme s'il en pleuvait
(novella) 2015, réédition 2017

De l'Amour et des Anges
(novella) 2015, réédition 2017

La Maison de poupées
(recueil de nouvelles) 2017

Le Lac - Série Irma&Adriel 3
(suspense) 2018

Visitez le site azelbury.org
Contact : azelbury@gmail.com
Facebook : Azel Bury, Auteure.
Page Auteur Amazon

Écrire, c'est à peu près comme se trouver
dans une maison vide
et guetter l'apparition de fantômes.

John Le Carré

1

Amy

Salut, moi c'est Amy, grande voyageuse improvisée.

Et totalement trempée.

J'ai pensé à presque tout sauf à prendre un parapluie. L'eau dégouline sur mon visage et se mêle à mes larmes. J'ai toujours eu du mal à faire mes adieux. Petite, chaque départ était un drame : celui de la fin des vacances à la mer, celui de la fin de la colonie, celui de la fin des classes : à chaque fois, c'était un véritable déchirement. Comme si la séparation avec les êtres chers était définitive. Ma mère disait pour enfoncer le clou : « Arrête de pleurer, ça porte malheur ». J'imaginais que tous mes amis allaient mourir à cause de moi. C'était encore plus terrible.

Seulement ceux que tu aimes vraiment.

Je me retourne encore une fois vers Justine qui a tenu à m'accompagner. Mauvaise idée : c'est encore plus difficile, pour elle comme pour moi. Elle me fait un signe de la main en affichant un pauvre sourire pas encourageant du tout. Dernier regard. Je la vois qui s'éloigne, abrégeant les adieux… *Tout ce qui n'est pas dans ton champ de vision n'existe pas,* me susurre la sale petite voix qui parle dans ma tête. *Ta gueule,* j'y réponds, décidée à ne pas me laisser abattre. Mon champ de vision, à l'heure qu'il est, c'est une file de voyageurs qui ont l'air aussi paumé que moi et la pluie qui bat le pavé, inlassablement.

Finalement l'embarquement est assez rapide, tout le monde est pressé de partir. Mon sac dans la soute à bagages, me voilà dans le Megabus — *Trajet à prix discount ! Dernière promo de juin !* — qui m'emmène loin de chez moi, de Paris, de mes repères. C'est la grande bousculade nécessaire, le grand coup de pied aux fesses que je m'administre moi-même pour ne pas retomber. Je ne sais pas encore si ça va me faire du bien, mais ça ne peut pas être pire que de rester à se lamenter éternellement. J'ai fait le bon choix.

10 h 35, c'est le grand départ. Pas beaucoup de monde à l'arrière. Tant mieux : je pourrai allonger mes jambes pour dormir, calée dans le fond. J'ai ma liseuse, mes barres chocolatées. Et le cœur gros, mais ça passera, comme le reste.

Adieu Paris. Le paysage défile, gris et triste. Interminable. Bientôt la nuit et rien d'autre à regarder que le plafond, et la pauvre loupiote qui s'allume, qui s'éteint, qui s'allume… elle a dû prendre froid, elle aussi.

Je branche ma liseuse, et je lis, pas forcément concentrée sur le texte, juste sur l'alignement des lettres. Je cherche un sens, jusqu'à ce que mes yeux n'en peuvent plus. J'ai plein de romans en retard, téléchargés depuis si longtemps, c'est le moment ou jamais et dix-huit heures de trajet, c'est long.

Un sens… est-ce que tout ça a un sens ? Est-ce que la vie à un sens ? Quand je ferme les yeux, je vois Alex, encore un peu.

Alex.

Même après six mois, j'ai les boules. C'est normal, il paraît, dans toute séparation. Rupture brutale égal choc psychologique, culpabilité, tristesse, colère, toutes ces fadaises à deux balles, j'en ai bouffé des camions, entre les copains et leurs bons conseils et les psys pour ma dépression. J'en suis à peine à l'acceptation.

Et puis j'en ai eu marre de me morfondre. J'ai jeté tous les cachets, les gélules, j'ai annulé tous les rendez-vous. J'ai trouvé un job dans un restaurant, puis dans une association pour faire de l'animation – A*telier cuisine : j'ai six ans, je fais des gâteaux !* — dans les écoles… Mais ça n'a pas duré. Les emplois kleenex, je commence à connaître…

Salut moi c'est Amy et j'ai largué ma famille, mes amis, je pars à l'aventure.

Drôle d'aventure, l'Angleterre suffira à combler mes besoins d'exotisme. Pas besoin d'aller beaucoup plus loin.

« Tu es bien courageuse, Amy » me disait encore hier Justine, pendant qu'on préparait mes bagages, toutes les deux, en essuyant quelques larmes.

— Ce n'est pas du courage… C'est de l'action.

— Oui, mais quand même, partir comme ça, d'un coup, c'est culotté, je trouve. Je n'oserais jamais, j'aurais trop peur…

— Je ne suis pas toi… faut que ça bouge, sinon je m'ennuie.

Ça, c'est pour la devanture, parce que, non, ce n'est pas du courage, c'est une fuite.

Salut, moi c'est Amy et je suis lâche.

Pas le courage d'affronter tout ça, encore et encore, cette rupture forcée. Cette absence. Ce vide qui devient absolu à l'heure du coucher et qu'on comble avec n'importe quoi : la musique, les fringues, le chocolat, les séries américaines. Plus le courage non plus de devoir fréquenter nos lieux, où il ne viendra plus. De me dire en entrant au *StarWars Bar* :

« Il est où encore cet idiot d'Alex, en retard comme d'habitude. »

Plus le courage de réaliser encore et encore que cet idiot d'Alex ne sera plus jamais en retard ni en avance, pour personne.

C'est encore le mieux qu'il me reste à faire : quitter Paris et tous mes repères qui n'en sont plus. Ils ont éclaté en morceaux, les repères, ce jour glacé et pluvieux de décembre.

En même temps que ta tête sur le pare-brise.

J'ai choisi ma route. Celle-ci me conduit dans un autre pays, une ville inconnue, d'autres personnes à rencontrer. Une autre vie. Tourner la page définitivement est un mal nécessaire. Je suis si fatiguée.

Arrête de penser.

Mon front tape doucement sur la vitre au rythme des cahots de la route. Je n'arrive plus à lire. Je mets mes écouteurs. La musique chasse les idées noires…

« Le silence dans la tête et le bruit au-dehors »

} C {

C'est marrant, ces rencontres.

On continue à ne rien maîtriser.

Tu la connais, c'est ça ?

Tu es nouveau par ici ?

Installe-toi près de moi.

Tu es novice, ça se voit tout de suite. Pas encore tout à fait diaphane.

Notre boulot à nous, c'est de mater. C'est facile tu vois. Tu mates avec moi.

Tu vois ce beau jeune homme, c'était mon fiancé, il y a... oh, longtemps.

Enfin ce n'est pas grand-chose comparé à l'éternité.

Il dort. Comme il est paisible...

Ses paupières s'agitent un peu.

Il doit rêver. De moi, peut-être ?

De là-bas ?

Elle, elle est dans un bus.

C'est toi qui es en connexion directe avec elle.

Elle est triste à cause de toi ?

*Nous pouvons nous demander si leurs chemins
vont se croiser.*

Et pour quelle raison.

Tu as une idée ?

Allez, je te raconte.

Tu as envie de savoir, n'est-ce pas ?

Angus

Je hurle.

Réveil en sueur. En douleur.

— Hey, relax, mec, tu fais encore un cauchemar.

J'ai réveillé Lukas. Et peut-être bien les étudiants d'à côté, j'entends l'un d'eux qui tape au mur.

— Ouais… désolé.

— Ça va, mec ?

— Ça va.

Mais non, ça, ne va pas. Je suis encore dedans. Je vois le sang et ses yeux. Je vois la boule à facettes et les danseurs qui continuent à danser. Et je me vois frapper encore et encore. J'ai un mauvais goût dans la bouche. Un goût de haine et de remords.

Six années que je fais régulièrement le même mauvais rêve. Je n'en peux plus. Je m'habille en vitesse, t-shirt sale, tant pis et je file. Besoin de courir et de respirer à fond.

Dehors, l'air frais remplit mes poumons. La ville, même au mois de juin, est morne comme d'habitude. D'ailleurs, ici, juin ou novembre : guère de différences : il fait toujours froid et humide. Je chope le 102 in extremis. Le bus est presque vide, à part un vieux clodo, qui passe sa vie ici, sur la ligne 102. Il prend toujours la même ligne. Moi aussi. Il s'appelle Charlie. Le chauffeur lui vend un ticket et le vieux se balade toute la journée, entre Bury et Salford. Tout le monde connaît Charlie. Je lui ai proposé une fois de venir au *White Spirit* s'il avait besoin d'un toit, il a pris ma carte, a remercié, mais il n'est jamais venu. Alors à la place je lui donne des tickets de bus. Observer Charlie pendant les vingt minutes du trajet m'aide à me débarrasser des restes visqueux du cauchemar. C'est pas la vie parfaite, mais c'est encore la vie.

Le bus 102 me mène à Salford, chez Johnny.

Je n'étais plus venu depuis quelques semaines. Il va encore m'engueuler. La porte s'ouvre, le chat roux se frotte à mes jambes. Il a toujours eu ce même chat roux qui doit bien dépasser les vingt ans d'âge.

— T'es en retard pour ta leçon, Angus ! Oh… presque rien, un mois.

Déjà un mois ? C'est pire que ce que je pensais. Je ne sais pas comment il fait pour savoir que c'est moi avant même que j'aie ouvert la bouche. Mon odeur ? Sûrement… avec ce t-shirt sale, je pue la transpiration.

— Désolé, Johnny, j'étais occupé.

— Occupé à boire.

— Pas que, Johnny, pas que…

— Trêve de bavardage. Installe-toi, on commence tout de suite.

Il est comme ça Johnny, il ne pose pas de question, il va direct au but. Tant mieux parce que je n'ai pas l'intention de trouver des fausses excuses à mon manque de savoir-vivre. Je suis un idiot mal poli qui ne téléphone jamais à personne.

Je prends place sur le tabouret au milieu du salon. Pas de confort pour jouer. On reste droit, concentré un max, à la limite de la douleur physique. Je caresse le bois. Toujours cette impression de douceur. L'archet glisse. Johnny reste attentif. Il vit chaque note. Chaque vibrato de travers le fait grimacer. Il faut que je réchauffe mes mains glacées. Dans l'appartement sombre, nous sommes en face l'un de l'autre, lui le maestro, moi l'élève. La musique nous prend corps et âme. Nous travaillons ensemble le concerto en ré majeur de Beethoven, *allegro ma non troppo*.

C'est presque mieux que sur scène. Sur scène, je donne. Avec Johnny, je prends, j'apprends. Je lis ce qu'il faut faire à son attitude, à ses mimiques, à sa voix. Une osmose des sens et des sons. Deux heures de bonheur pur.

Après la leçon où il ne me passe rien — *tu n'as pas assez répété ! Depuis combien de temps tu n'as pas fait de gammes ? Trop haut ! Trop vite !* — vient le temps des encouragements et du café bien fort, à l'italienne, comme j'aime. Ça change du jus de chaussette servi à l'auberge.

— Tu es bon, Angus. Tu pourrais l'être encore plus. Si tu veux, je peux te trouver des récitals. Des petites salles. Ici, à Manchester. Ils demandent à l'Auditorium. À Édimbourg aussi. Même à Londres !

— Non, Johnny, il est bien trop tôt et puis je joue avec mon groupe.

— Alors pourquoi tu viens ici ? Ne perds pas ton temps avec moi, Angus !

— Parce que je t'aime, Johnny… et j'aime tes leçons. Mais j'aime aussi mon groupe et ma musique.

— Ta musique de sauvage, si on peut appeler ça de la musique. Bon. Ça te passera avant que ça me reprenne. Mais au moins, compose !

— J'essaie, Johnny, mais on est dans les reprises et puis je n'ai pas la tête à ça.

— Ah ah ! C'est l'auberge qui te pose des problèmes ? Fous tous ces squatteurs dehors !

— Ils ne squattent pas, ils y vivent.

— S'ils te paient, c'est différent. Mais est-ce qu'ils te paient tous, Angus ?

— Ceux qui le peuvent me paient, Johnny.

— Et pour le reste, Dieu te le rendra ! Ta générosité te perdra, Angus. Parce que Dieu ça fait longtemps qu'il n'existe plus ! Tu es au courant ?

— Non, Johnny, c'est la vie qui me perdra. Comme elle perd tout le monde…

Il hoche la tête, vaincu. Je remets l'instrument précieux dans son écrin. Johnny m'énerve quand il joue les comptables, mais dans le fond il a raison. Il sait aussi que de sa part, j'accepte tout. Les compliments comme les critiques. Et il ne s'en prive pas. Et puis c'est ma seule famille.

Plus tard, je reprends le bus 102. Charlie est là, tout au fond qui regarde sa vie s'écouler comme le temps.

} A {

Ce n'est pas si simple.

Je suppose que je manque d'entraînement.

Il suffit de les observer, tu dis ?

Oui, bien sûr que je la connais.

Elle part. Elle est triste et en colère.

On les suit en simultané comme à la télé, c'est drôle !

Nos voix se confondent un peu. Tu entends ?

Il joue bien. C'est épatant.

Le bruit du moteur du bus gâche un peu la musique.

Si tu veux, je te raconte aussi comment tout a fini.

C'est bien la première fois que je raconte une histoire en commençant par la fin.

Mais rien n'a de sens, ici.

Le haut, le bas, le verso, le recto, la gauche, la droite... Tout se mélange.

Tu es là depuis si longtemps, tu ne t'ennuies jamais ?

C'est vrai que tu es presque transparente... c'est joli !

2

Amy

Manchester.

Première ville choisie sur l'affiche à la gare routière, en passant.

Prochains départs, prix cassés !

Dernières places disponibles !

Adjugé, vendu. C'est vrai que ça m'a pris comme une envie de pisser, aurait dit Papa, avec sa grosse voix et ses expressions bizarres. Mon salaire de monitrice d'ateliers périscolaires économisé toute l'année dans la poche, j'ai de quoi tenir une semaine, peut-être deux, en mangeant peu et en logeant en auberge de jeunesse. Je verrai bien sur place. Trouver un job, un toit, voilà l'urgence.

Le bus a traversé les terres

a traversé la mer

puis l'Angleterre

jusqu'à Manchester

Après plus de dix-huit heures de voyage dans un silence quasi monacal, trois arrêts de confort, pause-pipi, et six barres chocolatées, je suis décalquée. J'ai peu dormi, et j'ai un bon torticolis. Il fait encore nuit noire à la descente du bus, à la gare routière de Chorlton Street, le terminus. J'ai déplié mes jambes avec délectation, récupéré mon sac à dos, et à l'aide de mon guide du routard flambant neuf, j'ai marché au moins une bonne heure à travers les rues vides et froides, avant de trouver l'auberge de jeunesse : *The White Spirit.* L'enseigne lumineuse représente deux anges blancs qui se font face. Je meurs de faim, de soif et j'ai envie de faire pipi. Il était temps que j'arrive.

L'auberge de jeunesse est ouverte 24 h sur 24, qu'ils disent, sur la plaque. La moins chère de la ville. Le cœur un peu serré, mais soulagée d'être enfin parvenue à destination, j'entre dans un hall immense, tout bariolé, avec des fauteuils roses, jaunes, bleus, c'est flashy, sympa, *ambiance campus assurée.* À ma grande surprise, il y a encore des vivants : quelques jeunes discutent, d'autres jouent au billard. Je m'attendais à trouver un lieu vide à cette heure matinale, mais c'est vrai que c'est le week-end. Personne ne s'occupe de ma pomme. Tant mieux. Le petit groupe, des Allemands en majorité, je crois, prend tout le passage. Je me faufile entre deux géants blonds, et je vais directement à l'accueil.

Le réceptionniste — *Joe,* m'indique son badge — est étonnant, coupe de cheveux à l'iroquoise, et chemise à carreaux, il me fait répéter deux fois tellement ma demande lui paraît irréelle.

— Une chambre ?

— Oui.

— Nous n'avons pas de place, Miss, il faut réserver deux ans à l'avance !

— Hein ? Deux ans à l'avance ?

— Oui, c'est comme ça, en Angleterre Miss, c'est très prisé, les lits, en auberge de jeunesse, surtout ici, nous sommes vraiment bon marché.

Qu'est-ce que c'est que ces histoires ? Deux ans à l'avance ? Tout est plein pour deux ans ? Mais je ne vais pas attendre deux ans ? J'ai envie d'aller aux toilettes, moi ! Et de dormir !

Il rigole un peu et se tait gêné par ma détresse. Peut-être que si je lui fais pitié, il me trouvera quelque chose ? Un placard à balais ? Un réduit sans fenêtre ? *Allez, Joe, je t'en supplie !*

— Vous n'avez vraiment rien ? Rien de rien ?

— Ah non, c'est plein aux as !

Plein aux as… j'ai dû choper l'as de pique !

Mon regard de chien battu ne sert à rien. Ben zut ! Et je vais dormir où ? Le gars s'excuse encore et me dirige gentiment vers un hôtel du centre-ville, pas très loin, à deux rues d'ici.

— Ça va vous coûter un peu plus cher, mais vous aurez une chambre ! Vous avez des taxis au coin de la rue.

Je jette un œil sur la plaquette publicitaire qu'il me tend. Ça m'a l'air d'un hôtel correct, mais 50 £ la nuit ! À ce tarif, je ne vais pas tenir trois semaines, mais trois

25

jours. Impossible ! Mon budget va exploser. Comme moi.

— Mais je n'ai pas les moyens, moi ! Vous avez vu les tarifs ? Vous m'avez regardée ?

Je tourne sur moi-même pour qu'il admire ma déchéance physique et mon accoutrement de zonarde défraîchie.

— Hum, hum, je sais. Vous comprenez pourquoi ici, c'est plein !?

Désespérant. Il peut me garder mon gros sac pour deux livres la journée, à la consigne. Oh… je vois. Comme c'est aimable de m'offrir de me dépouiller encore plus vite ! Je garde mon sac, même s'il me casse le dos. Après la fatigue du trajet, je suis épuisée physiquement et moralement. J'ai envie de m'allonger par terre et de mourir. Mais il y a encore trop de monde ici. Je demande à l'Iroquois-le-narquois de m'indiquer les toilettes. J'espère qu'il ne va pas me faire payer. Mais non, c'est gratuit. J'en profite pour me rafraîchir. L'eau sur mon visage me redonne un peu de courage… Je me regarde en face, dans le grand miroir déglingué. Mes cheveux sont tout moches, mes vêtements tout froissés, ma peau est grise et j'ai des cernes affreux sous les yeux. Je veux bien jouer le rôle du zombie dans le prochain Brain Dead…

Que faire ? J'ai jusqu'à ce soir pour trouver une solution. Si je ne trouve rien, je repars. Pas le choix.

Je reprends mon sac en soufflant, le remets avec peine sur mon dos fourbu et je m'en retourne vers la sortie, en traînant la patte comme un vieux chien à l'agonie, me frayant un passage entre les braillards du petit groupe de *couches-très-tard*, qui semblent fêter quelque chose.

Sûrement ma mort prochaine.

Ah non, j'oubliais : en tant que zombie, je suis déjà morte.

} C {

Qu'est-ce qu'elle est rousse !

C'est une vraie rousse ? C'est joli toutes ces taches de rousseur… Par contre, elle est habillée comme un sac !

J'étais brune, tu sais, d'un noir presque bleu. Je me teignais les cheveux, bien sûr. Pas comme maintenant. On est drôlement décolorés, tu as vu ? Et plus ça va, plus c'est pire… On s'efface. J'ai même perdu mon tatouage.

J'aimais bien le look tartan, les minijupes écossaises, les boucles d'oreilles géantes, les bagues en argent, tout ça. C'était la mode et il disait que ça m'allait bien.

Qu'est-ce que ça me manque, ces conneries !

J'adorais la musique celte et les légendes nordiques.

Le cidre.

Les elfes et les anges.

Pas toi ?

Tu sais bien pourquoi on est là.

J'ai encore oublié !

Ça va me revenir…

Il est toujours énervé. Ce n'est pas possible. Il n'était pas comme ça, avant.

Mais c'était il y a longtemps.

Enfin... comme tu sais, tout est relatif, ici.

Angus

Vingt minutes qu'on est rentrés, je suis saoulé. Pas saoul. Juste saoulé. Pour être saoul, faudrait déjà que je finisse de boire cette bière infâme et que j'en commande six autres… Impossible. Faudra que je passe à l'intendance leur souffler dans les bronches. C'est juste pas possible de servir une cochonnerie pareille. Les jeunes sont tous fauchés, mais quand même. Il y a des limites à l'indécence et au mauvais goût.

Et ça discute, et ça papote… C'est bien pour faire plaisir à Lukas et surtout à Lothar qui s'en va. On prend un dernier pot ensemble depuis la veille. Ils ont décidé de faire nuit blanche : la tournée des pubs, des boîtes de nuit, et pour finir, la fiesta à l'auberge. Il s'en va tout à l'heure, par le premier train, je ne pouvais pas lui refuser ça.

Après six mois de cohabitation, ça va faire drôle, la piaule, sans Lothar… On va s'en débrouiller. Plus de place et moins de problèmes. Surtout qu'en ce moment Jack squatte ailleurs, on ne le croise presque plus, juste pour sa lessive, à la laverie d'à côté. Et puis les colocs, on sait jamais sur qui on tombe.

Même si c'est mieux que *là-bas*, niveau choix.

La petite fête s'éternise… et je m'emmerde royalement. Marla me tourne encore autour. Elle ne lâche jamais l'affaire. Ça fait bien dix fois qu'elle me passe devant en me souriant avec ses seins en avant et ses fesses rebondies. Un vrai appel au sexe. Non, Marla, tu ne m'intéresses pas. Tu peux toujours me faire la danse des sept voiles debout sur la table, tu ne m'intéresseras pas plus que ça. On est sorti ensemble, Marla et moi, il y a longtemps, on était des gamins encore au lycée. On avait 15 ou 16 ans. J'avais rompu au bout de trois semaines, elle s'était consolée avec le beau Mark. Après elle a changé d'école et de ville. Elle est revenue depuis le début de l'année, et tous les soirs, elle me fait du rentre-dedans. Je la vois même au *Smiling Cat* quand je joue. Une vraie dingue. Elle squatte le hall de l'Auberge avec les autres, mais elle n'y vit pas. Je ne sais même pas ce qu'elle fout dans la vie à part boire avec ses copines. Un vrai boulet. Elle n'est même pas au courant pour Clarisse et tout le reste. Elle ne m'en a jamais parlé en tout cas.

J'observe les visages connus, inconnus… Il y en a toujours. Toujours un gars ou une nana que je n'ai jamais croisé, qui s'incruste pour faire la fête. Tellement de chambres… Les étudiants vivent ici pour certains depuis des années, d'autres arrivent à peine. Quelques familles se promènent en touristes pendant la journée. Me suis toujours demandé ce qu'ils pouvaient bien venir faire comme tourisme à Manchester. La ville la plus triste de tout le nord du pays. Liverpool, je pige : la plage, la mer, les paysages bucoliques, comme dans les marines accrochées aux murs des musées, mais alors, Manchester ? Mystère… La ville a gardé ses relents industriels et l'architecture est assez pauvre en monuments. Excepté la bibliothèque… Mais les touristes ne vont jamais dans les bibliothèques.

Marla repasse. Je tourne la tête de l'autre côté. Tiens, eux, les deux petits bruns qui ont l'air jumeaux, je ne les connais pas. Jamais vus. Ils se sont joints à nous dans la nuit, je ne sais même pas s'ils louent ici. Des saisonniers, probablement fraîchement débarqués d'un autre pays, pour la saison d'été. Ils bosseront dans un restaurant italien ouvert pour l'occasion…

Et puis elle, la rouquine, qui s'avance dans l'allée avec un sac à dos plus gros qu'elle… Encore une qui débarque de France, vu l'heure, elle arrive probablement de la gare routière… Je connais les horaires par cœur. j'espère qu'elle a réservé. Il pleut, elle est trempée. Une Froggy trempée. J'en rigolerais presque.

Mais elle est jolie, même trempée.

Je vais voir de quoi ça cause, et si Joe est correct avec les nouveaux clients. Joe, c'est le réceptionniste de nuit, mon pote le punk. Avec lui, jamais d'embrouilles. Les gars se tiennent à carreau. Il fait peur, s'il faut, en poussant un peu sa gueulante, quand ça devient trop n'importe quoi dans le hall. Sa réputation le précède. J'écoute un peu la conversation. Ils discutent deux minutes. Pas plus. Juste deux minutes et elle repart. Joe secoue la tête. Elle n'a pas réservé, la cruche. *Adieu, Redhead, tu es bonne pour te payer l'hôtel… s'il te reste assez de pognon. Vu ton allure, ça m'étonnerait.* Les gens sont dingues, ils débarquent ici en croyant qu'il y a de la place pour tout le monde… grande naïveté ! L'Auberge est demandée, Madame, on n'y entre pas comme dans un moulin. Bref, j'ai mal pour elle. Elle a l'air complètement dégoûtée. Tant pis, quand c'est plein, c'est plein.

Mais elle est jolie, même naïve, même trempée, même Française…

Faut que je fasse quelque chose. Je ne pense pas que je vais laisser cette petite personne toute fatiguée et toute mignonne retourner se perdre si tôt dans la rue. Je viens d'avoir une idée de génie.

Lothar s'en va : une place se libère.

} A {

Je ne sais pas trop pourquoi nous sommes là, mais nous n'avons pas trop le choix, je crois.

Tu es là depuis plus longtemps, tu m'expliqueras ta théorie.

Je me souviens.

Écoute.

Tu entends la chanson ? C'est celle-là même.

« To do List », les choses à faire…

On avait pris la route assez tard… Tu comprends, on parlait du week-end qu'on allait passer ensemble.

De ce qu'on avait prévu sur place. Retrouver Nat et Phil au bord du lac, camper, pêcher à la mouche, jouer au scrabble, boire un peu, mais pas trop… fumer des pétards !

Un week-end très tranquille. Tu sais bien.

Regarde ! Tu les vois ?

Ils vont se parler !

Amy, ne cause pas à ce type, il n'a pas bon caractère.

M'enfin… tu verras bien.
Le sort en est jeté.
On est obligé d'assister à ça ?
Ma nana et ton mec ?
À quoi ils jouent, là-haut ?

3

Amy

Ces ivrognes d'Anglais ou d'Allemands, ou les deux, chantent tellement fort que je ne l'entends pas.

— *Hep !*

Je continue, perdue dans mes réflexions zombiesques, les larmes aux yeux, me demandant si je ne devrais pas repartir tout de suite. Après tout, il n'y a que la gare routière qui m'attend avec ses bus… C'est une idée… repartir.

Pas question ! Je vais trouver une solution. Comme toujours. *Tu m'aurais conseillé quoi, Alex ?*

— *Hep, Miss !*

Ce n'est pas à moi qu'on parle, si ?

— *Hep ! Mademoiselle !*

Ah si, c'est bien moi qu'on appelle.

Pas le temps de me retourner qu'une main s'agrippe à mon sac à dos et le tire d'un coup sec, plutôt violemment, m'empêchant d'aller plus loin. Sous l'effet du choc, je manque me casser la figure. Voix masculine, il est pas bien, lui, c'est quoi cette agression soudaine ?

Il m'attrape pour m'empêcher de m'effondrer sous mon sac.

— Oh, pardon !

— Mais ça ne va pas la tête ? Lâchez mon sac !

— Oui, pardon !

Je me recale péniblement sur mes deux jambes. Une grande blonde observe la scène en riant. Comme si c'était drôle…

— Vous voulez quoi ? Cent balles ? Un mars ? Désolée : je n'ai RIEN ! Même pas une chambre pour cette nuit, alors allez demander à quelqu'un d'autre OK ? Je ne fume pas non plus ! RIEN ! Pas un mégot ! Queutchi ! Nada ! Niet ! NOTHING ! Go, go !

Je brandis un doigt menaçant.

L'individu recule, ébahi. Il est grand : je vois sa chemise à carreaux (ce doit être la mode bûcheron, dans le coin) ouverte sur sa poitrine, et son cou, sa mâchoire carrée, sa bouche, son nez et ses yeux…

Wow !

Doucement. C'est quoi cette figure de mode ? Il sort de quel magazine ? Comment il a fait pour s'échapper des pages ? Je reste bouche bée. Il a les cheveux longs jusqu'à mi-dos, au moins. Après l'Iroquois, voilà l'Apache : tout a un sens, j'ai dû me tromper de bus ou louper un changement, je ne suis pas à Manchester, mais quelque part dans l'Ouest américain. Voilà pourquoi le voyage était si long.

— Excusez-moi… Miss, qu'il bredouille en reculant.

Je me secoue un peu, encore abasourdie :

— Sorry… Désolée, j'ai eu peur… J'ai oublié un truc au comptoir ?

— Non, c'est juste que je vous ai entendue. Et j'ai peut-être une solution pour vous.

Une quoi ? *Une solution* ? Il a bien dit « une solution » et pas « un aspirateur », ou « une encyclopédie en dix-huit volumes » ? Je me méfie.

— Une solution ?

— Oui… Écoutez, j'ai un ami qui part tout à l'heure. Un événement imprévu le rappelle en Allemagne. C'est pour ça qu'ils font la fête. Donc une place se libère.

Pincez-moi, je rêve. Plus besoin d'attendre deux ans sous la pluie !

— Mais votre ami, là… Il ne reviendra pas ?

— Non, Lothar devait repartir au début du mois d'août, il s'en va un peu plus tôt c'est tout.

Génial ! ça me laisse largement le temps de trouver un job et puis un toit bien à moi. Ce mec est béni des dieux, du grand Manitou, probablement. Je hurle de joie :

— MAIS VOUS ME SAUVEZ LA VIE !

C'est tout juste si je ne lui saute pas au cou, tellement je suis contente. Je me retiens de justesse. Et puis avec mon sac à dos, c'est quasiment impossible.

— OK, si ça peut vous aider, ça nous dépanne aussi. Angus.

Il me tend une main que j'attrape avec reconnaissance.

— Amy.

— Mais, par contre… il faut que je vous avertisse.

Ah, voilà. Les soucis arrivent. Il y a toujours un grain dans les rouages. Toujours.

— Oui… ?

— On est déjà trois mecs dans la chambre. Il y a quatre lits. Ce n'est pas le dortoir.

OK… je vois… trois mecs, une fille… ça risque de partir en cacahuètes. Pas besoin de faire un dessin.

— Vous allez me violer et me découper en morceaux avant de me jeter dans la Tamise ?

Il me regarde comme si je sortais d'un asile de fous, et il n'aurait pas tout à fait tort. Je suis épuisée, 4 h du mat, chez moi, c'est l'heure conne.

— La Tamise, c'est à Londres.

Il me regarde avec sérieux.

— OK je ne suis pas forte en géographie. Il y a une rivière ici au fait ? Comment vous allez faire pour vous débarrasser des morceaux ?

— Vous pratiquez fort bien l'humour anglais, Miss. Si vous préférez l'hôtel à 50 £, ce n'est pas grave, c'était juste pour vous arranger.

— Non, non, non ! Je ne préfère pas !

— Alors on tope ?

C'est vite vu, entre trois mecs dans une chambre et les rues tristes de Manchester au petit matin sous la bruine, mon choix est fait. Après tout, c'est une auberge de jeunesse, ce n'est pas un hôtel de passe.

— Tope là !

— Attendez-moi à la réception, et on fait le transfert avec les papiers. OK ? Faut le passeport, et tout ça, c'est obligatoire.

— OK. C'est vraiment gentil de votre part, vraiment, vous me sauvez la vie, vous n'imaginez pas à quel point.

— J'avais cru comprendre ! Ne bougez pas, je reviens.

— OK, j'attends.

Pourvu qu'il ne m'oublie pas.

— Et au fait… c'est l'Irwell.

— Pardon ?

— La rivière : c'est l'Irwell.

Il se retourne et file vers l'ascenseur.

J'en profite pour mater ses fesses, éhontément. La grande blonde est toujours là. Elle me regarde d'un air mauvais. C'est qui, celle-là ? Je décide de lui tourner le dos.

Wow !

Il y a cinq minutes, j'étais prête à capituler et à rentrer à Paris. Mais un miracle a eu lieu.

Il s'appelle Angus.

J'ai mon lit.

} C {

Hey ! Doucement, l'ami, ce type, je le connais,
c'est un trésor, derrière son aspect rugueux, alors
laisse-les faire.

Tu es encore jaloux, on dirait.

Comme nous, ils se parlent. Ils se sont bien trouvés
tous les deux, tu ne penses pas ?

Ils ont tout le week-end pour faire connaissance.

Des week-ends tranquilles, on en avait aussi.

C'était une gentille vie.

On avait presque terminé nos études.

Il étudiait l'harmonie et j'étudiais les arts
plastiques.

On passait nos soirées et nos loisirs ensemble,
comme vous : bowling, pub, concerts, fast-foods, toutes
ces choses que font tous les jeunes de dix-huit ans.

Je vivais encore chez mes parents, on envisageait
de louer un petit truc ensemble une fois les études
terminées.

On n'a jamais rien terminé.

Comme vous.

Et eux ? Que vont-ils faire, maintenant ?

Et nous ?

Angus

C'était chaud, avec la petite rousse. Mais elle a accepté. Tant mieux, ça va arranger tout le monde, financièrement : quelques livres sterling de moins à payer pour Jack et Lukas.

J'avoue qu'en milieu de négociations, j'ai failli l'envoyer paître. Avec son histoire sordide de meurtres et de Tamise. Nulle en géo. Je ne sais pas ce qu'elle vient foutre ici. Elle m'a agacé d'un seul coup. Plus la patience de jouer les commerciaux. Je n'ai rien à vendre, ma jolie. Ni une place dans l'auberge ni un lit dans notre chambre. Ni moi. Rien. Tu peux aussi bien repartir d'où tu viens. Ça ne va pas changer ma vie. Mais si tu choisis de rester, va ne pas falloir me faire suer avec tes conneries de gonzesses. Découper en morceaux… Psychopathe, oui.

Là-bas, J'en ai croisé quelques-uns qui faisaient ce genre de blagues, je n'ai jamais apprécié. Ça me glaçait le sang.

Mais elle est jolie.

J'espère juste que j'ai fait le bon choix et qu'elle ne va pas nous amener des problèmes. J'ai eu mon lot, ça suffit. Lukas ne sera pas trop déçu, c'est bien son genre de nana, une petite Frenchy teigneuse, ça va lui secouer les puces. Quant à Jack, on ne sait même plus où il crèche. Chez l'une, chez l'autre… Un vrai don Juan.

Je trouve Lukas et Lothar dans la piaule qui discutent, en se préparant à partir. Le train est à 5 h 18, on l'accompagne à la gare.

— J'ai trouvé une coloc.

Ils me regardent, surpris.

— Sans blague, je croyais que tu ne voulais personne ?

— J'ai changé d'avis.

— Ah ! Tu as changé d'avis ! UNE coloc ? C'est qu'elle doit être super, méga bonne, en fait ! Dommage ! Je m'en vais ! s'esclaffe Lothar.

— Non, elle est juste à la rue.

— Ben voyons. T'as fondu, avoue.

— C'est OK pour toi Lukas ?

— C'est toi le patron, Angus ! J'espère qu'elle est jolie !

Ils se marrent. Bougres d'ânes.

Je redescends. Le hall est vide. Marla a disparu avec les autres, Dieu soit loué… J'ai comme une crainte. Si ça se trouve, la rousse est partie, elle aussi, pendant que j'étais là-haut… ?

— Je suis là.

Elle est écrasée au fond d'un fauteuil.

Elle.

La rousse. La tête sur le côté.

Me regarde encore, comme si j'étais une star de ciné.

C'est les cheveux longs, ça… Les gonzesses ont beau avoir des couettes et des chignons depuis qu'elles sont petites, elles ont du mal avec la concurrence capillaire masculine. *Et t'as beau être rousse, mes tifs sont plus classes que les tiens.*

Ses yeux sont bleus, presque verts. Elle a une fossette sur la joue droite, et un sourcil, le gauche, légèrement plus haut que l'autre. Ses cheveux roux tombent en cascade sur ses épaules…

Elle s'appelle Amy.

} A {

Je ne sais pas ce qu'ils vont faire. Ils ne savent pas eux-mêmes.

On est obligé de tout voir ?

Imagine qu'ils s'embrassent.

Je crois bien qu'il lui plaît !

Je repense à la radio.

Tu te rappelles du son que cela faisait ?

Un grésillement assez désagréable.

On a changé la station de la radio cinquante fois.
À chaque changement, on riait : « Ah non ! Pas cette chanson ! »

Et puis il a eu notre morceau préféré.

Celui des No Return : To do List.

Je te l'ai déjà dit ?

Tear papers

Important documents

Tear clothes

Je me souviens encore très bien des paroles.

Je peux te la chanter.

4

Amy

Le copain, Lukas, a eu l'air tout timide, mais c'est lui qui me fait la visite. Il ne s'attendait pas à partager la chambre, qui est petite mais bien claire, avec une fille. Il y a deux lits superposés de chaque côté de la chambre. Sur le moment, je me suis dit que j'allais peut-être gêner leur intimité. Sait-on jamais. Mais j'ai constaté que non, ces deux-là ne forment pas un couple.

— C'est lequel, mon lit ?

Lukas m'indique le lit à gauche et en haut. Angus dort dans le lit du haut en face.

— Et Lothar, pourquoi il s'en va ?

Lukas m'explique qu'il vient de perdre sa grand-mère. On l'attend en Allemagne. A lui le train interminable et bon voyage, Lothar. Bonne vie à toi. On convient rapidement d'un arrangement ; je paie huit nuits d'avance, et je verrai plus tard pour la suite. Pas sûre de rester, pas sûre de partir… selon que je trouve rapidement un job ou pas. Je demande qui est le troisième luron.

— C'est Jack, il dort sous ton lit… normalement. Mais il n'est pas souvent dans les parages en ce moment. Il a trouvé une girl friend.

Je vois. Monsieur découche. D'après Lukas, Jack passe plus de temps dans son lit à elle que dans le sien. Tant mieux ! On le croisera dans le salon de l'auberge de temps en temps, quand c'est son jour de lessive.

Pendant la visite, le bel Indien est resté en retrait. Appuyé sur le mur, les bras croisés, il n'a pas décoché une flèche. Heu, pardon : un mot.

Il est grand. Mince. Ses mains sont fines, des mains de musicien. Il a les épaules larges et un grand front intelligent, un beau visage et un nez grec. Ses yeux sont bruns, presque noir. Il a le regard à la fois ironique et sérieux. C'est un grand taiseux, il faut croire. Pas comme Lukas qui parle pour quatre et qui m'invite à dîner avec eux vers les 18 h. Ce n'est pas vraiment une invitation, que les choses soient claires : chacun paie son repas. Dans ces conditions, j'accepte avec joie. Je ne veux rien leur devoir.

La visite terminée, ils sont partis accompagner Lothar à la gare, et vous savez quoi ? J'ai dormi. Comme un bébé. Je n'ai plus rien entendu. Je ne sais pas s'ils sont revenus, s'ils sont même rentrés de la journée. Ça fait des mois que je n'ai pas aussi bien dormi.

Vers 17 heures, j'immerge doucement. Je repère les lieux, je me perds un peu dans les couloirs. Lukas m'a laissé un mot : ils m'attendent en bas à la réception.

Sympas, ils m'ont laissé dormir dans le calme. Les toilettes et les douches ne sont pas dans la chambre, mais à l'autre bout du couloir, ça m'arrange. Les garçons ne sont pas obligés de savoir que je vais faire pipi ou pire, au milieu de la nuit.

Je file à la salle bain réservée aux filles, pour prendre une bonne douche déstressante, me laver de tout ce voyage, toute cette poussière, tous ces souvenirs… Je me sens plus fraîche, toute propre, avec des vêtements froissés, mais sans odeur de transpiration. Ça fait du bien.

Je me prépare mentalement à affronter mes deux colocataires. Je ne sais pas pourquoi j'ai du mal à voir les choses paisiblement. Je suis en état de guerre permanent. C'est terrible, il faut que je me calme. Redevenir comme avant, comme avant la disparition d'Alex, insouciante… Est-ce possible ? C'est tout le mal que je me souhaite en descendant les escaliers… Je les vois, installés dans le hall, dans les grands fauteuils de couleur. Ils boivent une bière. Le trac me reprend. Que je suis gourde.

— Salut.

— Oh, on t'attendait, salut, Amy ! On va bouffer dehors comme prévu, on te fera visiter Manchester si tu veux, il y a plein de choses à…

Et c'est parti pour un tour ou plus de moulin à paroles. Angus me regarde en coin : « On ne l'arrête plus ! » semble-t-il me dire, goguenard, tandis qu'on sort de l'auberge.

Un fish-and-chip shop ouvert en bas de la rue et nous voilà mangeant ensemble comme des amis de longue date. Avec Lukas, au moins. La figure de mode en tire une comme un jour sans pain. Il fait la gueule. J'ai l'impression d'être comme le cheveu dans sa soupe. Il doit regretter sa proposition. J'ose à peine lui jeter un regard. Sa mine renfrognée n'invite pas à la conversation. Lukas est bavard, heureusement alors forcément les questions fusent. Je reste évasive sur ma vie en France. Je raconte que je suis venue tenter l'aventure en Angleterre, que mon CAP cuisine et mon petit CV me permettront peut-être de trouver un job facilement, voire une place de jeune fille au pair. J'espère rester quelques mois ou quelques années, pourquoi pas. Angus semble interpellé :

— Tu es… cuisinière ?

— C'est ça.

— Je note.

Je ne vois pas ce qui peut l'intéresser dans mon métier, mais soit. C'est la première fois qu'il m'adresse la parole directement depuis le début du repas. Lukas lui, est étudiant en littérature anglaise depuis deux ans. Il bénéficie d'une bourse pour une année encore et il partira à Londres, où l'attend sa fiancée. Je me demande comment il fait pour tenir loin d'elle. Quel courage… Et je réalise que je *tiens* depuis tellement de temps loin d'Alex, que tout est possible. Vraiment.

Angus-Le-Grand-Silencieux est musicien, m'explique son copain. J'avais raison pour les mains. Je le mate en douce tandis qu'il hoche la tête en avalant ses frites. Ils se connaissent depuis l'école primaire. Manchester, c'est la ville rêvée pour les groupes et les musiciens. Ici sont nées ou ont percé nombre de stars de la pop anglaise, depuis les années 90. Angus joue avec son groupe dans les bars et les boîtes de nuit. Lukas m'invite à passer le voir sur scène un de ces quatre. Je suis vraiment bien tombée avec eux, je ne vais pas m'ennuyer. Lukas est adorable, mais Angus m'a l'air fermé comme une prison.

Il suffit de trouver la clé...

On finit la soirée vers les onze heures, après avoir bu quelques pressions dans un pub, pas très loin : The Smiling Cat. La même blonde, la bimbo genre vulgaire de tout à l'heure, sourit à Angus, et me jette un regard meurtrier. Il l'ignore carrément. Celle-là, je sens qu'elle a posé des griffes imaginaires sur mon nouveau colocataire et qu'elle le considère comme sa proie. Chasse gardée. Je la suis du regard, elle rejoint ses copines un peu plus loin.

Le Smiling Cat, c'est leur lieu, là où Angus joue une fois ou deux par semaine avec son groupe « Life Screams ». Drôle de nom. Les Hurlements de la Vie.

Tu devrais postuler pour jouer dans les chœurs...

Je me demande quel genre de musique ils jouent... Lukas me dit que c'est du Metal harmonique. OK. N'importe quoi. Et pourquoi pas de l'Opéra Grunge ? Ou du Rap Musette... Peut-être que je n'irai pas, vu l'enthousiasme d'Angus, aussi frétillant qu'un poisson mort et congelé à l'idée de me voir dans le public.

Il suffit de trouver la clé.

} C {

*Oui, je me souviens bien de cette chanson. On ne
se connaissait pas, toi et moi.*

*Nous n'étions même pas dans la même ville ni
dans le même pays. Maintenant on est ensemble, faut
faire avec…*

*Je ne sais pas s'ils vont s'entendre… trop
différents !*

Mais laisse-moi te parler de lui.

Il avait du mal avec l'ambiance familiale.

*Il préférait vivre ici, avec les potes. Et puis à
l'époque c'était génial d'avoir un lieu où se voir,
tranquilles, lui et moi, en amoureux.*

En amoureux.

Et toi, tu l'aimais ?

Angus

J'ai joué les observateurs. Du coup, Amy ne m'a pas calculé, excepté un ou deux regards en douce. Je ne connaissais pas Lukas si bavard. Même si j'avais voulu en placer une, je n'aurais pas pu. Cet idiot est tout content de discuter avec une jolie fille. C'est vrai que ça ne lui arrive pas souvent. La dernière fois c'était Yolanda. Ah, Yolanda… J'en ai encore des cauchemars. Et lui aussi.

Je n'ai pas trouvé cette soirée si désagréable, curieusement. C'était même rigolo. Une femme, ça change tout, dans un repas. On évite les rots, les gros mots, on retrouve les bonnes manières, on fait semblant d'être bien élevé même si elle mange avec les doigts. On se trouve… *pathétique.*

Amy cherche du boulot. Elle n'est pas étudiante. Et en gros, c'est tout ce qu'on a tiré d'elle. Pas mal pour une première soirée. C'est une secrète. J'aime bien ça. Les nanas qui déballent tout dès le premier soir ne me plaisent pas des masses. Elles sont du genre à tout raconter à tout le monde. Comme Lukas. Il a bien vendu le concert. Il m'a bien vendu moi aussi, avec le Smiling Cat et les Life Screams. Comme si j'allais soudain avoir le trac parce qu'une rouquine vient me voir jouer. Des minettes, il y en a plein à toutes les soirées. Les filles raffolent du metal, faut pas croire. Et des metalleux. Ce n'est pas souvent réciproque. Comme avec Marla.

Lukas a quand même tenu à finir la soirée là-bas. On a bu encore des bières, et on est rentrés, plus ou moins torchés. Bref, une bonne petite soirée de merde avec une ambiance « *Pardon, très chère, passez-moi le sel, s'il vous plaît* », à mourir de rire.

Une fois dans la chambrée, elle était tout intimidée et nous aussi. On est pas encore potes de régiment, elle et nous. Bon, va falloir s'y faire. Avec une fille colocataire, on devra juste tracer ailleurs pour les concours de pets. Ça m'étonnerait qu'elle participe.

Pendant qu'Amy prend une douche, je me morfonds un peu. Lukas s'est couché avec son smartphone… Je n'ai pas trop envie d'être là quand elle va revenir.

Courage, fuyons. Je sors prendre l'air, marcher ou courir un peu… ça va me faire du bien, me dessaouler et le temps que je revienne ils seront tous endormis.

Elle m'a tellement manqué.

Liverpool, un hiver, le vent mordant, le sel, le sable.

Nous.

Le parapluie qui se retournait et son rire. On se sentait vivant. On avait pensé à déménager, plus tard, pour venir ici, quelque part au bord de la mer. Ou bien on serait partis en Écosse ou en Irlande, toujours au bord des vagues.

L'inconvénient des rêves, c'est qu'on ne sait plus qu'on est sinistrement mortel.

} A {

Il est bizarre ce type… s'il arrive à quelque chose avec elle, je me pends !

Et puis, il l'a ignorée toute la soirée, comment veux-tu qu'il se passe quelque chose, hein.

Oui, je l'aimais.

Regarde-la comme elle est belle.

Aussi jolie que toi !

C'est ce qui nous retient encore, je crois : l'amour. Ils en ont encore plein à partager.

On chantait à tue-tête.

Elle avait insisté pour conduire. Elle adorait ça. Les virages s'enchaînaient, c'était grisant. La nuit est tombée tout à fait.

L'auto radio était à fond, c'était sympa. Je me suis détaché deux minutes, juste deux minutes, pour chercher dans un sac posé sur le siège arrière. Une clé USB ? Un pull ?

Je ne me souviens pas.

Ligth a blaze with all the mess

Et puis ce fut le choc frontal.

Tu te souviens de tout, toi ?

5

Amy

Dans la salle de bain, des filles papotent en rigolant. Des Hollandaises ou des Belges… Il y a toujours du monde partout, ici. L'isolement est impossible, même dans les chiottes. Je prends une douche rapide. En rentrant, et en pyjama, je croise Mister l'Apache qui m'ignore complètement. Il tourne même la tête de l'autre côté. Il a un problème avec moi visiblement. Bon sang, ça ne va pas être triste, ce séjour. Je vais devoir me bouger pour trouver un autre lieu de vie. Les ambiances hostiles, les chauds-froids, les rapports sado-maso, ce n'est pas mon truc.

Dans la chambre, Lukas me souhaite une bonne nuit, branché sur son smartphone. Je résiste à l'envie d'allumer le mien.

Aucun intérêt. Je ne recevrai pas de texto d'Alex.

Plus jamais.

Je repense à ce voyage, et à ma chance d'avoir trouvé si vite un abri où dormir. Je pense aussi à ce que j'ai laissé. Ceux que j'ai laissés. J'ai le cœur gros.

Justine va me manquer. Ce qui est bon, c'est que je la reverrai, elle…

Pas comme Alex.

Je lui en veux, d'un coup d'un seul. La colère me monte, mêlée de tristesse.

Enfoiré, Alex, pourquoi t'es parti comme ça. Pourquoi tu m'as laissée ? Tout est de ma faute, pourtant.

Je comprends alors que ce voyage, c'est le deuil que je dois faire… et que je n'ai pas fait. *Show must go on.* Mais que c'est difficile… Mes larmes coulent, les vannes sont lâchées. Je me recroqueville dans mon lit, sous ma couverture. Je n'ai pas pleuré jusque-là. Quand je me suis réveillée à l'hôpital et qu'on m'a annoncé sa mort, je suis rentrée en catalepsie. Quand on l'a enterré, je suis restée de marbre… Muette comme une tombe.

Aussi morte que toi…

Ça fait six mois que tu es parti. Six mois que je retiens ma peine, des litres et des litres à purger. J'espère que Lukas n'entend pas mes sanglots, à travers ses écouteurs. Je serre les poings pour ne pas hurler… Au bout d'un petit moment, un peu calmée, j'entends la porte qui s'ouvre, Angus revient. Planquée sous mon drap, j'épie. Je l'entends qui se déshabille : son sourd des godasses qu'on jette sur le lino, froissement des textiles qu'on enlève et du drap dans lequel on se glisse. Ça y est, comme prévu, il est couché juste en face, à mon niveau. Je n'ose pas bouger, je refrène quelques spasmes nerveux, restes de ma crise de pleurs. J'attends quelques minutes et comme je n'entends plus rien, j'ose une sortie discrète… Mon lit est dans le noir. Dans la lueur nocturne de la fenêtre qui n'a ni volet ni rideau, je vois, pétrifiée, les yeux grands ouverts d'Angus. Il fronce les sourcils… Il n'a vraiment pas l'air content, le mec. Mais je m'en fiche. Je suis là, je reste. Rien ni personne ne me fera rentrer.

Même pas toi, Angus, avec ta belle gueule et ton dédain.

Je me retourne et je sens encore son hostilité piquer ma nuque.

} C {

Et tu veux te pendre à quoi ? Aux nuages ?

Elle est fragile, ça se voit. Il n'a pas besoin de ça. Ce n'est pas un infirmier du cœur ! Il est trop malade lui-même.

Je me souviens de presque tout. Il y a l'amour, et quelques fois, la haine.

Un soir, on a eu des emmerdes, des vraies, des moches.

On avait trop bu. Tous. Un gars s'est mis à me faire du gringue. Tu sais, le genre qui colle, le harceleur modèle. Un connard de skinhead bourré comme un coing qui devait probablement sortir du Old Trafford Stadium, à deux pas. Un hooligan.

Ce débile me faisait rire quand même tellement il était ridicule, j'essayais de le remballer gentiment.

Elle est triste, regarde.

Et pas à cause de lui.

À cause de toi, mon grand, à cause de toi.

Angus

J'ai couru comme un dératé. J'ai transpiré comme un malade. Ça fait du bien de courir pour rien, pas pour attraper un bus ou un avion ou un voleur à l'arrache, non, juste pour rien.

Là-bas, je courais pendant une heure tous les jours. Juste pour courir. Certains se contentent du soleil, ou de jouer aux cartes, de discuter, moi je courais.

Je suis rentré sans avoir sommeil, mais enfin, je n'allais pas passer la nuit dehors. La chambre était calme. Je me suis désapé en vitesse et j'ai sauté dans le lit.

Je la vois.

Je vois ses cheveux roux. La peau de son bras blanc.

Je tends l'oreille : elle chiale. Merde. Elle chiale. Ça me retourne les tripes.

Faut pas me faire ça, Amy. Pas à moi. Je suis trop mou à l'intérieur, un vrai chamalow.

Elle pleure, et je n'ose rien.

Et merde.

Elle m'a tellement manqué, ses mains, sa peau, sa voix. Sa manière de triturer son poignet. Ses yeux plissés quand elle riait.

Je suis resté des mois face au mur blanc. Pour ne pas voir d'autres visages. Pour ne pas entendre d'autres voix.

— Hey, l'Autiste, t'entends ? Pourquoi tu réponds jamais ?

} A {

Ça y est !

Il va craquer, ton grand nigaud !

C'est beau, tous ces sentiments. Mieux que là où on est. C'est toujours trop rapide, la mort. Mais alors après, qu'est-ce que c'est chiant...

Elle est venue d'en face, la mort.

La voiture prenait toute la place sur la route minuscule qui devait nous conduire vers le lac qu'on n'a jamais atteint.

Une petite départementale bordée d'arbres et de ravins, où il n'y avait jamais personne à cette époque de l'année, à cette heure de la journée.

Il restait quoi ? Trois kilomètres ?

Empty reports and memories

Erase proofs

Flood tracks

Les distances ne comptent plus maintenant.

Regarde, on peut presque les toucher.

Il suffirait presque que je tende la main.

6

Amy

J'ai l'impression de me réveiller très tard, percluse de douleurs musculaires et de courbatures. J'ai fait un rêve étrange de plumes et de douceur. Le voyage m'a tuée. Tournée vers mon mur, j'ai entendu bouger un des deux gars, sans voir qui. Une fois certaine que le lève-tôt est parti, je m'étire un peu et me retourne. Mince, c'est Lukas qui est sorti. J'espère qu'il va revenir, je ne veux pas être seule avec le Sauvage, quand il va se réveiller.

Pour le moment, il dort. Torse nu, découvert jusqu'à la taille, je mate effrontément son beau corps. Il dort sur le ventre, un bras pendant. Je ne vois pas son visage, couvert par sa longue chevelure. J'admire la délicatesse de ses muscles, le grain de sa peau parfaite. Presque envie de toucher…

Il suffirait presque que tu tendes la main.

Je me secoue : faut que je parte vite fait. Lukas n'a pas l'air pressé de revenir… Je prends mon courage à deux mains et je me sors du lit, doucement, pour ne pas faire de bruit. Un petit bond silencieux sur le lino, opération récupération de vêtements propres dans mon sac à dos, je m'habillerai dans les douches. Je prends mes chaussures, mon sac à main, et j'ouvre la porte le plus délicatement possible.

— Attends !

Oh merde…

— Bonjour, Angus…

— Tu fais quoi ?

— Hum ? Je vais déjeuner, en fait…

C'est autorisé dans la prison, ou bien il faut attendre le maton ? Je n'ai pas encore lu le règlement du White Spirit.

— Attends-moi. Faut qu'on discute.

Il me regarde tout plein de sommeil, il bouge à peine un bras.

— Je vais… heu… t'attendre en bas d'accord ?

— Ça roule.

Mais qu'est-ce qu'il me veut ? J'ai une crainte : c'est qu'il me dise que je ne fais pas l'affaire pour la colocation et qu'il vaut mieux que je m'en aille. Oh, ne t'inquiète pas, Mister Beau Gosse, je ne vais pas t'ennuyer trop longtemps… Je n'aime pas me sentir comme une indésirable… Et je n'ai franchement pas envie de lutter… ça fait des semaines, des mois que je lutte. Je suis fatiguée. Je rends les armes. Merci pour le dépannage express, amour et compassion, cependant. La mort dans l'âme, après ma douche, je descends dans le hall. Il y a un snack-bar où on peut commander des petits-déjeuners complets pour cinq livres *seulement*. À ce tarif, je vais devoir éviter de manger ici trop souvent. Je prends place devant mon plateau, à une table entourée de gros fauteuils bien confortables. J'ai à peine le temps de commencer mon thé qu'il arrive.

Angus le Sauvage. Je ne sais pas s'il me révulse…

Ou s'il te plaît, allez, avoue qu'il te plaît.

Je le vois arriver de loin, félin. Brun, peau mate, les cheveux longs, en noir, chemise ouverte, on dirait Daniel Day Lewis dans le dernier des Mohicans. Un fantasme sur pattes. Il allonge le pas, en me repérant, aperçoit mon plateau déjeuner, me fait signe qu'il va s'en chercher un. Ouf, j'ai quelques secondes devant moi pour me remettre de mes émotions. Ne pas bégayer. Ne pas dire de gros mots. Ne pas le fixer, ne pas…

— Salut.

— Merde ! Rebonjour, Angus.

— Bien dormi ?

— Assez mal. Et toi ?

— Pas beaucoup mieux.

Je l'imagine m'observant dans le noir toute la nuit, tel un rapace guettant sa proie.

— Tu voulais me parler de quoi ?

— De toi.

Wow ! Il me surprend… Au moins il est cash, il ne tourne pas deux heures autour du pot.

— De moi ?

— Oui. J'ai des questions.

— Lesquelles ?

— Pourquoi tu pleurais, la nuit dernière ?

Wow bis ! Il s'aventure en terrain intime, ça ne me plaît pas, faudrait pas qu'il prenne ses aises. Il m'a entendue sangloter, forcément. Il a sûrement pitié…

— C'est ça qui t'a empêché de dormir ? Désolée, Geronimo, vraiment…

— Alors ? T'as des soucis ? T'es recherchée par la police ? Tu es fugueuse ? Tu te drogues ?

Wow ! Triple wow !

J'hésite entre la consternation et l'éclat de rire. Il est sérieux ? Oui, on dirait. Il me regarde dans les yeux. Son questionnaire débile me hérisse le poil. Il se prend pour qui ? C'est le nouveau Sherlock ?

— Tu bosses à Scotland Yard ? Je pensais que tu étais musicien. Ah, attends, c'est pour la caméra cachée !

— C'est comme la Tamise, ça.

— Hein ?

— Scotland Yard, c'est comme la Tamise : c'est à Londres.

Il sourit, moqueur. Putain, un sourire ! Et d'un ! Je vais les compter pour ma collection !

— Oh, désolée, j'ai encore oublié de prendre mon cours de géographie, cette nuit. Bon… je ne pense pas te devoir des comptes. Si ?

Il continue à manger sa purée de céréale… Beurk, c'est quoi ce truc infâme ? Porridge ?

— Du moment que tu crèches avec nous, dans notre piaule, si. Écoute, Miss, je ne veux pas être mêlé de près ou de loin à une sale affaire. Je ne veux pas y retourner, tu comprends ?

— Retourner où ?

— En prison.

Merde… je n'y crois pas : un voyou. Ce mec n'est qu'un petit voyou… Je suis à peu près certaine qu'il est tombé pour vol à l'arraché ou cambriolage… En fait, c'est peut-être même LUI le drogué.

— T'as fait de la taule ? Et pourquoi ?

— Tu disais quoi tout à l'heure ? Ah oui ! *« Tu bosses à Scotland Yard »* ?

Il m'imite avec tout ce qu'il y a d'irritant dans la voix et avec moult mimiques. Dites-moi pas que je ressemble à ça ?

— Alors, Miss, si tu me dis que tu ne trempes pas dans une affaire louche, je te crois et je ne te pose plus de questions, ça marche ?

C'est tout ce qui l'intéresse : son petit cul et sa petite liberté chérie… Mais dans le fond, il a raison, à sa place j'agirais pareil.

— Je peux te dire que tu ne risques rien. Tu me crois ou pas c'est pas grave. Si tu veux me voir dégager, je me tire sans problème.

Hors de question que je lui raconte ma vie et mes tourments. Il me regarde droit dans les yeux et pousse un drôle de soupir en se rejetant en arrière sur sa chaise…

— OK, je te crois. Pas envie de te voir partir, non. Viens ce soir, au « *Smiling Cat* ». On joue. Tu pourras constater qu'on peut avoir été un sale petit voyou et être tout de même un bon musicien.

Ce type lit dans mes pensées. Il me fait un clin d'œil, ramasse son plateau, se lève et se tire. Vexé. J'ai réussi à vexer Angus le Sauvage. Intérieurement, je jubile. J'ai réussi à résister à l'envahisseur, je ferais bien la danse de la pluie avec mon tomawak, j'ai maté le dernier des Mohicans… et surtout : je reste !

Il se retourne :

— Au fait… Geronimo, c'est un Apache, pas un Mohican.

Je le regarde s'éloigner, bouche bée…

Comment il fait ça ?

*Elle ne comprend rien, je crois. Quelle
agressivité ! Une vraie Française ! Pauvre petit
homme, elle va te bouffer tout cru, celle-là...
Elle était déjà comme ça, avant ?*

La mort, dis-tu ?

*Tu vois, moi, je me souviens du moindre détail,
comme si c'était hier.*

*On était en groupe, on parlait tous d'un film ou je
ne sais plus quoi,*

et sur le moment personne n'a rien vu.

Le mec me collait toujours.

Les copines rigolaient de nous voir faire.

*En général, les relous repartaient dans leur coin et
voilà.*

Pas lui.

*Il a sorti un couteau, et il
m'a
plantée.*

Comme ça.

D'un coup.

Pour rien.

Angus

D'accord je n'ai pas été très délicat sur le coup. Je suis direct, c'est comme ça. J'ai cogité toute la nuit. J'ai inventé des tas de scénarios : que s'est-il passé dans sa vie pour qu'elle débarque ici à Manchester, où elle ne connaît personne, ou personne ne la connaît ? Que s'est-il passé pour qu'elle s'endorme en pleurant… ? Fallait que je demande. Elle ne m'a rien dit. Mais je ne sais pas pourquoi : je lui fais confiance.

Enfin si, je sais. J'ai un léger doute.

Elle est jolie ?

Cette emmerdeuse aime sûrement jouer les provocatrices, voire les castratrices, mais ça glisse sur moi comme de l'huile. J'en ai connu des plus sévères. *Là-bas.* Je suis bien entraîné.

Je prends mon instrument et je file au *Smiling Cat.* Ce soir : soirée exceptionnelle. Une centaine de personnes invitées au concert. Je n'ai pas l'intention de jouer comme un débutant.

Elle sera là.

Je vais lui en mettre plein les oreilles. Qu'elle a fort mignonnes. En passant, Lukas m'attrape, il veut me parler d'Amy. Et moi je ne veux pas lui parler d'Amy.

— Qu'est-ce que tu veux, Lukas, dépêche-toi je vais être en retard.

— C'est pour Amy. Écoute, elle est vraiment dans la dèche. J'ai décidé de lui offrir ma part du gîte. Donc elle devra te payer seulement la moitié de la somme, et je donnerai l'autre. D'accord ?

— Attends, tu ferais ça ?

J'ai honte de ne pas y avoir pensé avant lui. Quel con, je m'en veux.

— Oui, j'ai décidé.

— OK, je paie.

— Toi aussi tu paies sa part ? C'est super sympa ! T'es un chef !

— Ah, tu ne vas pas t'y mettre aussi avec les Indiens !

— Quels Indiens ?

— Laisse tomber. Bon, alors je paie et tu ne paies rien.

— J'ai bien compris ce que je viens de comprendre ?

— Oui. Je suis un con. Tu es un mec bien, Lukas, et t'es fauché aussi. Tu es généreux. T'as offert la moitié…

— Parce que je ne peux pas plus, hein tu connais mon budget.

— … j'offre la totalité. Ça me coûte rien.

Sa mâchoire tombe.

— Sérieusement ?

— Oui. Tu ne lui dis rien c'est notre secret. D'accord ? On expliquera qu'on a fait moitié-moitié.

— Ça y est ! T'es accro, mec, je le savais !

— Ne dis pas de conneries.

— Si si ! Je le vois à ton petit sourire. T'es mûr ! Elle a plus qu'à se baisser pour te cueillir ! Ha ha ! C'est pas trop tôt ! Bordel, je suis heureux pour toi !

— Mais non ! Qu'est-ce que tu racontes ? Allez, j'y vais. À ce soir.

Je l'ai laissé. il rigolait comme un malade.

Mais il a peut-être bien raison.

On a répété tout l'après-midi. J'avais un peu la tête ailleurs… Mando et Brian, le batteur et le guitariste, m'ont félicité, je n'ai jamais aussi bien joué. Les leçons de Johnny finissent par payer. Ce soir, on va faire un carton, les amis.

– Hey, l'Autiste, t'entends ? Pourquoi tu réponds jamais ?

Des mois face au mur blanc.

Jusqu'à ce que je la perde un peu plus. Jusqu'à ce que son sourire s'effiloche… jusqu'à ce que son rire s'éteigne, peu à peu.

Le silence intérieur est revenu avec le bruit des autres.

} A {

Wow, je ne l'aurai pas cru si généreux. Ça va bien la dépanner. Elle a besoin de calme et de sérénité, tout se bouscule dans sa vie.

Ce n'est pas peu de le dire.

Si j'ai souffert ? Pas moi. C'était bien trop rapide.

Mais elle…

Son airbag s'est déclenché, lui cassant le nez au passage.

Break screens

TV and computers

Break furniture, beds

Tables and chairs

Tu as souffert toi ?

7

Amy

Je n'ai pas revu le Sauvage de la journée. Tant mieux. Sa tête m'angoisse. Pas sa tête, non. Ses yeux. L'impression désagréable d'être traversée de part en part. Ça me donne des frissons. Et puis il lit dans les pensées alors c'est encore plus angoissant. Par contre je croise la blonde en partant :

– Salut ! C'est toi la nouvelle ?

Elle me mate de la tête au pied.

– Heu… ? C'est à quel sujet ?

Elle est plus grande que moi, plus mince, plus classe… plus lisse. Plus blonde.

– Au sujet d'Angus et de Lukas.

– Oui ? Un souci ?

– Ouais ! Tu ne t'approches pas !

– Je n'en avais pas l'intention.

– Ah j'avais cru. Bon « ben tant mieux, parce que ne va pas te faire des illusions.

Elle ne me laisse même pas le temps de répondre qu'elle a déjà filé. J'adore ce genre d'embrouilles.

Ce matin, j'ai fait quatre agences de jobs, j'ai laissé mon CV et mon numéro de portable. Ils me rappelleront peut-être. Il y a des chances que je trouve un petit boulot de serveuse ou de commis de cuisine dans pas très longtemps. C'est parfait. *Wait and see.*

J'ai fait du shopping sans rien acheter. J'ai admiré les tissus, les coupes et les couleurs, j'ai même essayé quelques trucs… Mais je préfère garder mon argent pour manger. On verra plus tard quand j'aurai un job. À 16 heures, je suis rentrée au White Spirit, après avoir marché longtemps dans les rues de Manchester. J'ai eu vite la sensation d'errer sans but. Une parfaite illustration de ma vie actuelle. *Errer sans but.* J'en avais au moins un, autrefois. C'était finir mes jours avec Alex.

Bon. On a qu'une vie. Même ratée, faut en profiter un minimum, et jusqu'au bout.

Je prends une grande bouteille de cola au *shop* à l'entrée de l'auberge, un paquet de chips dégueulasses, aromatisées au vinaigre, mais pas moyen d'en trouver des natures, des barres chocolatées et des biscuits. Les fauteuils du grand hall sont pleins de jeunes, tous connectés à leur smartphone ou leur tablette. J'en profite pour regarder mes mails sur un des ordinateurs libres du coin Internet.

Un message de Justine. Je lui manque, elle demande si je suis bien arrivée, ils s'inquiètent un peu, tous et n'arrivent pas à me joindre sur mon portable. Mince, effectivement j'ai zappé. Je m'empresse de lui répondre et de la rassurer. Elle transmettra aux potes et à la famille. Mon portable ne passe plus, je dois acheter un abonnement local. On verra plus tard.

Pas de message d'Alex, évidemment.

Je crois que c'est ce qui me manque le plus. Son message quotidien.

Je t'aime, ma puce.

Je me secoue un peu avant de retomber dans la dépression. Je paie ma connexion internet et je monte en pensant à ce soir : concert au Smiling Cat, avec l'Indien sur scène. Je m'attends au pire... ça va être sûrement bruyant, surchauffé, grouillant de monde. Si ça me gonfle, je rentrerai vite.

Dans la chambre, Lukas est déjà là, on se fait un thé avec une bouilloire.

– T'as passé une bonne journée ?

– Oui, tranquillement.

– Ce soir, tu viendras ?

– Oui, je vais venir.

Il en est rose d'émotions. Faudra que je garde mes distances, je ne veux pas qu'il se fasse des illusions à mon sujet.

– Cool. J'ai croisé Angus, en début d'après-midi. Il m'a dit que vous aviez discuté, et qu'il voulait que tu restes, même si tu ne peux pas payer.

– Hein ? C'est quoi cette histoire ? Je paie, j'ai l'argent, pour payer, pas de soucis !

– Maintenant oui, mais dans 15 jours ?

– Dans 15 jours, j'aurai trouvé un job et puis un appartement peut-être ?

– Tu rêves.

– Pourquoi tu dis ça ?

– Il n'y a pas de studio à moins de 800 livres à Manchester. Pour trouver moins cher faut partir loin en banlieue, après Salford ou Bury, et encore. Toutes les maisons sont en colocation ici. Des jeunes à six ou huit dans des trois-pièces minables en banlieue. Crois-moi, il vaut mieux rester ici. La ville est pleine d'étudiants, mais n'a pas les moyens de loger tout le monde. C'est la mafia des locations. T'as eu une chance incroyable de tomber sur nous.

– Merde… Mais comment vous faites ?

– Pourquoi tu crois qu'on reste ici ? C'est pas si mal et pas si cher.

– Je comprends mieux pourquoi l'auberge est pleine… je pensais que c'était des touristes tous ces gens, au moins en partie.

– Non ils sont presque tous étudiants ou travailleurs.

– OK… Bon. Si je ne trouve pas d'emploi d'ici quinze jours, je repars en France. Si je trouve un emploi, je reste, en attendant une solution. Dans tous les cas : je paie.

– Non, il va refuser.

Il sourit mystérieusement.

– N'importe quoi… comme s'il avait les moyens. Ça paie tant que ça, les concerts au *Smiling Cat* ?

– Hum. Je te dis un secret ?

– Un secret ?

– *Vous parlez de quoi ?*

On sursaute tous les deux en même temps. J'en renverse mon thé.

– Angus ! Je ne t'ai pas entendu rentrer.

Lukas est rouge comme une tomate. Angus s'assoit avec nous, et nous regarde tour à tour.

– Alors ? J'arrive pour les confidences ?

– Non, non. On parlait de Manchester.

– Ah ! Et de quoi à Manchester plus précisément ?

– Heu… de la… bi-bli-o-thè-que…

C'est la première idée qui me vient à l'esprit et je reconnais qu'elle est stupide.

– OK je vois, vous parlez de cette bibliothèque immense, pleine de gros secrets bien cachés dans les rayons… J'ai bon ?

– Exactement ! Tu es voyant ou quelque chose comme ça ?

Lukas tourne les yeux, de honte, mais il se retient de rire, visiblement.

– Oui, d'ailleurs sur mon passeport il y a écrit Madame Irma, en tout petit !

Il a la réplique aussi facile que la mienne.

– Hum, intéressant ! Et elle prédit quoi, Mme Irma pour ce soir ?

– Un petit concert au Smiling Cat ! D'ailleurs c'est bientôt. On y va ?

– Oui, on y va ! Go, go go !

Lukas bondit, trop content d'être sorti d'affaire. Enfin, pas tout à fait.

– Lukas, faudra qu'on parle en privé… plus tard.

Je sens qu'il va se prendre un savon mémorable. Et au final, je ne connais toujours pas le secret d'Angus.

} C {

Souffert ? Un peu.

J'étais à trois mètres d'Angus, peut-être quatre, les gens au milieu bouchaient la vue. Il a poussé tout le monde pour voir ce qui se passait.

Je l'ai vu blêmir.

Je suis tombée en arrière, sur les fesses.

Le sang bouillonnait en sortant de mon nez, de ma bouche.

Je voyais ses yeux grands ouverts de surprise.

De douleur.

Et puis tout est passé. Pour moi.

Pour lui, la douleur n'a jamais cessé.

Regarde, ils vont le voir jouer.

J'adorais quand il jouait.

Surtout Mozart.

Mais Mozart, c'était entre nous.

Il faudrait vraiment qu'ils arrêtent les disputes, qu'en penses-tu ?

Angus

Ah, Lukas, c'est une grande gueule. Il ne peut pas s'empêcher de baver... Heureusement que je suis arrivé à temps. Quel cave... Ah ils étaient jolis, mes deux colocataires, pris en flagrant délit de complot anti-Angus. Elle s'est bien foutue de ma gueule, la Nénette aux cheveux rouges bien moins longs que les miens. Mais rira bien qui rira la dernière. Je ne leur en veux pas. Ils m'amusent, je crois bien. C'est ça : ça fait longtemps que je ne m'étais pas autant amusé, même si ça ne se voit pas trop sur mon visage...

Longtemps. Avant.

Avant.

Mais je ne veux pas penser à « avant ». Ça ne sert qu'à tourner davantage le couteau dans la plaie.

Il y avait un gars, *là-bas,* qui disait souvent :

« Les regrets ; c'est que de la rature, on n'efface pas ! »

Je ne sais pas si c'était de lui ou d'un auteur connu.

Il s'appelait Vince. Il est mort dans sa cellule un beau matin de mai. Je n'ai jamais su comment. Ça en fait beaucoup, des choses que je n'ai jamais sues.

– L'Autiste ? Ce qu'il a fait ? Il a tué un gars, il paraît. Il répond jamais. Laisse tomber. Tout ce qu'il fait, c'est regarder le mur, et courir. Il est barge.

Ils m'ont laissé peinard avec mes souvenirs. De mer. De sel. D'elle.

} A {

Le couteau dans la plaie qu'il dit.
Il a le sens de la formule.
Moi, je me suis envolé littéralement vers la mort.
Sans ailes.
J'ai fracassé le pare-brise a une vitesse folle.
Open cupboards
Tear sheets
Break windows
Break the car
L'autoradio hurlait.

Regarde, ils recommencent à se disputer !
C'est plus possible !

8

Amy

Nous avons pris un de ces vieux taxis anglais dont les jeunes Britanniques font un usage intensif, un *black cab* immense, avec à l'arrière, cinq places en vis-à-vis et une vitre séparant le chauffeur et les passagers. Je me suis placée entre les deux garçons qui ne se sont pas parlé depuis qu'on est parti. C'est leur problème après tout, je ne sais rien, je ne souhaite pas m'en mêler plus que ça. Je les laisse bouder avec leurs sombres histoires de secrets.

Je regarde les rues défiler, les voitures, les gens. Angus tourne la tête vers moi, alors je ne fais semblant de rien. C'est comme s'il n'était pas là. Seulement un peu dans le côté droit de œil, mais alors tellement peu.

Ce qui sort de ton champ de vision n'existe pas.

Je tourne les yeux, juste un peu, et je tombe sur son regard plein de reproches. Je ne peux pas m'empêcher d'aboyer :

– Quoi ?

– Rien.

– Alors, arrête de me regarder.

– C'est toi qui me regardes !

– Moi, je te regarde ?

– Oui, toi, tu me regardes !

– Et alors ?

– Et alors... on disait quoi, déjà ?

Deuxième sourire, pour la collection ! J'éclate de rire ! C'est incroyable ce toupet qu'il a.

– Non, mais j'hallucine ! Laisse tomber...

– OK ! Volontiers.

Heureusement on arrive. Angus sort du taxi comme un mec très pressé de fuir... Je le vois qui fend la foule des buveurs groupés sur le trottoir et s'engouffrer dans le Pub.

On le suit. Il n'y a vraiment pas mal de monde. L'ambiance est assurée.

– Il a le feu aux fesses ? je demande à Lukas.

– Il est très bizarre en ce moment, je ne le reconnais pas.

– Ça doit être à cause de moi.

– Tu crois pas si bien dire.

– Il veut que je m'en aille... il ne peut pas me blairer. Je ne sais pas pourquoi.

– Oh oh oh !

– Quoi « oh oh oh « ?

– Tu n'es pas très perspicace pour une nana, tu sais.

– Qu'est-ce que tu veux dire ?

– Il est raide dingue.

– Il est dingue, ça j'avais remarqué… il me fait presque peur des fois…

– Non, non, non ! Il n'est pas juste dingue… Il est RAIDE…

Le reste de sa phrase se perd dans un tonnerre d'applaudissements et de hurlements qui me fracasse les tympans… Je n'entends plus rien. Bon c'est pas bien grave, pas envie de parler des psychoses ou des névroses d'Angus… La musique démarre. C'est du lourd, très lourd. Du *metal*.

Les gens ont l'air d'apprécier. Un groupe de mecs marrants fait un concours de lancer de cheveux au premier rang. J'ai mal à la tête rien que de les regarder… Ils doivent perdre des neurones à chaque tour de tignasses… me demande ce qu'il en restera dans dix ans, des cheveux, et des neurones.

La musique n'est pas si désagréable… Je cherche Angus sur la scène, mais je ne le vois pas. Peut-être que ce n'est pas son groupe… ? Je questionne Lukas du regard, qui sourit, énigmatique.

Le second morceau arrive très vite. Un genre de mélodie celtique plutôt tranquille. Les gens applaudissent à tout rompre pour l'arrivée sur scène d'un violoniste… Un violon dans un groupe de metal, ce n'est pas si courant. C'est même très beau. Le violoniste est de dos. Lukas me tape l'épaule en me montrant la scène…

– REGARDE !

– C'EST BEAU !

Et… oh ! C'est Angus qui joue.

Un violoniste ? Angus ? La vache !

Il se retourne doucement, tout en jouant, parcourt l'auditoire du regard, semble chercher dans la foule…

Je vois des filles en pâmoison, hurlantes, suantes, offertes en sacrifice rituel à ses pieds, prête à lui choper les chevilles. Marla fait partie du lot. Quelle surprise.

Et il me voit.

} C {

Qu'est-ce qu'il joue bien ! C'est magnifique !

C'est cette musique que j'avais dans la tête, tandis que j'agonisais.

Le mec était là avec son couteau. Il riait aux éclats. Deux gars costauds l'ont choppé par les bras et l'ont coincé.

Soutenue par une fille, je partais.

Et dans ma tête, ça faisait comme le violon.

Tu aimes ?

Je pense qu'elle va aimer.

Ou alors c'est qu'elle n'a pas d'oreille.

Ni de cœur.

Angus

J'ai fait mon blasé, je n'ai pas parlé de quasiment tout le trajet, même si c'était facile, vu que ça prend exactement sept minutes de l'Auberge au *Smiling Cat*, en comptant le feu rouge. Elle m'a gonflé avec son histoire de « je ne te regarde pas » *gnagna*, quelle gamine… J'ai eu le dernier mot, et je suis sorti vainqueur du taxi, direction les loges.

J'ai retrouvé mon violon et mes musiciens, on s'est préparé à affronter la foule, la gloire et les paillettes.

L'intro a débuté, et quand j'ai commencé à jouer sur scène, ils ont tous applaudi comme des malades. Il faut dire ce qui est, on a d'excellents morceaux à produire. Sept, pour être précis. On met une heure pour les jouer tous, et à la fin on reprend celui du début, ça rallonge un peu le concert, et les gens sont contents. On a des fans géniaux. On commence à être pas mal connus à Manchester, on a même quelques dates à Liverpool, cet hiver. Pour l'heure, en attendant mieux, on joue au Smiling Cat deux fois par semaine. La foule est au rendez-vous. Des gravos qui font la danse de Saint Gui au milieu de la fosse, et puis je vois Lukas qui me fait un petit signe. Marla et ses copines se la jouent groupies en furie, comme d'habitude.

Et puis je vois Amy. Elle a l'air surprise. Je le suis aussi. Je m'attendais presque à ce qu'elle ne vienne pas. Elle s'est mise un peu sur le côté. Tant mieux je ne suis pas tout à fait ébloui par les spots quand je la regarde, et je compte bien la regarder.

Ce soir, je joue pour elle.

Des mois face au mur blanc.

Et quand elle est partie presque pour de bon, je me suis retourné et j'ai dit bonjour aux vivants.

} A {

Du cœur, elle n'en manque pas.
Mais pas pour tout le monde, seulement ceux qui le
méritent.

Il croit qu'un air de musique idiote, ça va la
toucher ?
Peuh !

Elle aime la grande musique, pas les cris et les
hurlements de fous.
La musique.

Elle m'a accompagné jusqu'au bout aussi.
Mon corps désarticulé a atterri sur le toit de la
voiture d'en face
écrasée
contre mon pare-choc.

Et j'ai roulé doucement par terre.
L'autoradio a continué sa chanson,
le son à fond.

Burst tires
Push walls
Spread the crowds
Walk on the road
Take the path which goes nowhere

Ce même air.

9

Amy

À partir de ce moment, Angus a joué pour moi. Toute la soirée, tous les morceaux. Il ne m'a pas lâchée des yeux… J'en étais presque gênée.

Angus, qu'est-ce qu'il se passe, là tout de suite ? C'est quoi ces sentiments ? Cette marée qui vient tout noyer sur son passage ? Mes certitudes et mon ennui, mes craintes et mon deuil ?

Ce n'est rien, c'est le violon. Cet instrument m'a toujours retourné les tripes. Il faut croire que ça marche encore même quand c'est du metal. Le violon et le saxo, c'est magique : je pleure. Je n'étais pas préparée à ça. Ça m'a complètement déstabilisée. Tout ce monde, ces fumigènes, cette musique. Ce grand type sur scène avec son violon.

Puis ils ont joué « To do List ».

Je n'ai pas attendu la fin du concert. Je me suis cassée, bouleversée, toute chamboulée. Tout était parfait jusqu'à la chanson de trop. Je ne savais pas que les *« Life Screams «* faisaient des reprises.

La chanson que je ne peux plus écouter sans avoir une crise nerveuse.

Dehors sur le trottoir, j'ai respiré tout ce que j'ai pu. Je suis rentrée en taxi, seule, cette fois. Je me suis demandé si je devais déguerpir immédiatement. Prendre mon sac et filer à l'anglaise.

Parce que c'est pas que la chanson. Cette peur au ventre que je prenais pour de la crainte, ces battements de cœur incontrôlés à chaque regard échangé... ces joutes verbales débiles...

Je suis en Angleterre depuis trois jours seulement. Je vais prendre mes distances, ça va trop vite.

J'ai passé une mauvaise nuit. Je crois qu'Angus n'est pas rentré. Il a certainement retrouvé sa copine, Marla. Je l'ai bien vue à ses pieds, offerte, tout le concert. Je me souviens de ses menaces. Je suis très mitigée ce matin, entre l'envie de partir et le besoin de rester. Je pense à Alex, à ce qu'il aurait voulu pour moi... J'ai l'impression de le quitter encore, en encore. Mais Alex est mort. Il ne reviendra plus. Alex ne ressentira plus rien pour moi, jamais.

Tu ne me sers à rien, Alex, t'es juste un boulet qui m'empêche d'avancer.

Je me suis forcée à me lever, me doucher, m'habiller. J'ai déjeuné dans le silence, en compagnie de quelques studieux étudiants, j'ai lu le journal de la veille laissé là. Puis je suis sortie.

Je suis repassée à la première agence de jobs, bien m'en a pris, ils avaient quelque chose pour moi : de la plonge dans un petit resto français. Parfait ! J'ai rendez-vous cet après-midi. C'est fort mal payé et c'est loin, il y a des horaires de folie, mais c'est toujours mieux que rien. Je finis par penser que j'ai beaucoup de chance.

De retour à l'auberge, j'ai fait la connaissance d'autres amis de Lukas. Un petit groupe de jeunes bien sympathiques. Aucun d'entre eux n'est anglais. Des Espagnols, des Russes, des Allemands et des Norvégiens, toutes les nationalités se croisent, au gré des programmes d'échanges d'étudiants des universités européennes. Il y a Fran, Javier, Paulo, Yacob, Marina… ils vivent tous ici depuis le début de l'année universitaire, certains sont là depuis trois ans.

J'apprends qu'il y a des cours d'anglais pour les jeunes étrangers. Je n'en aurai pas besoin. J'ai appris l'anglais très tôt avec Granny Victoria. Elle est arrivée en France avec un diplôme de secrétaire bilingue dans les années 60, mais à la maison, elle refusait de parler le français. Grand-papa Daniel, berrichon, s'y était fait, et leurs enfants et petits enfants avaient baigné depuis toujours dans une ambiance très californienne. Quand Granpa est mort, elle a vendu la maison et elle est repartie vivre une bonne moitié de l'année aux USA.

J'ai *brunché* vers 13 h avec la bande à Lukas. J'ai demandé des nouvelles d'Angus, mais personne ne l'a vu depuis la veille. Il paraît qu'après le concert il s'est barré, tout seul et à pied, Dieu seul sait où. Ils me disent que c'est normal. Ça lui arrive souvent. C'est un solitaire, un peu bizarre. Je ne suis pas rassurée pour autant et ça m'énerve. Pourquoi je devrais m'en faire pour ce gars ?

Je ne veux pas penser à Angus, mais c'est la tête pleine de questions que je me suis présentée pour le job, à l'adresse indiquée, à 14 h tapantes C'est Nathalie qui me reçoit.

Au *Lapin en Civet*, tout le monde est français. Les employés sont au nombre de six, moi compris. Le restaurant n'ouvre que le soir. Le service commence à 17 h et le dernier repas est servi à minuit. Plongeuse polyvalente, je bosserai en binôme avec un gars, Julien. On a des horaires décalés : soit de 17 h à 22 h, soit de 20 h à 1 h du mat. On bosse six soirs par semaine, le restaurant est fermé le jeudi. C'est à peu près tout ce que je dois savoir, donc si c'est OK, je signe et je reviens demain pour mon premier soir.

J'aurais tort de refuser.

Je repars avec mon contrat dans la poche.

Une nouvelle vie commence.

*Cette fille ne fait que fuir. Elle te traite de boulet,
mais elle n'assume rien.*

Moi j'assume tout.

Depuis le premier non-jour.

*Heureusement que tout s'atténue, ensuite, parce
que les premières minutes, je n'ai plus rien ressenti que
de la rage.*

Une rage immense.

Sa rage.

C'est tout ce qu'il est parvenu à me transmettre.

Je n'ai pas su quoi en faire, comme lui.

C'est pour ça que je suis restée.

Il prend un peu de recul, il a raison.

Il a surtout un deuil à faire, lui aussi.

Angus

J'ai marché au hasard des rues. Il a fait bon, pour une fois pas de pluie, mais un bon soleil qui réchauffe les os, glacés après cette nuit blanche. J'ai marché et rien de plus. J'ai pensé. De travers. J'ai composé une chanson mentalement, elle était très belle, et j'ai tout oublié. Je n'ai pas rencontré grand monde. Le centre-ville se vide peu à peu. Les boutiques ferment. Les immeubles deviennent insalubres. Il y a des squats un peu partout. Je traverse les mauvais quartiers et en fin de matinée, j'arrive à Salford. Je m'arrête chez Johnny.

Comme d'habitude, l'appartement est plongé dans le noir.

– Salut, Angus, content de te revoir si tôt, tu reviens pour de bon alors ? Je n'y croyais pas. Ouvre les volets si tu veux, ou allume la lumière.

Je m'exécute.

J'ai toujours une drôle d'impression dans cette maison. Chaque chose est à sa place, mais tout est dépareillé. Les meubles, les couleurs, les objets... pas de bibelots inutiles, pas de décorations aux murs. Johnny est aveugle, donc il se fout bien de savoir si le canapé est assorti aux rideaux. L'ambiance est celle d'un capharnaüm surréaliste. On pense que c'est bordélique au premier abord, mais non : tout est bien rangé, selon Johnny.

– Tu continues les concerts ?

– Oui bien sûr, faut que tu passes nous voir, on a de nouvelles reprises… quand tu veux, le mardi et le jeudi soir au *Smiling Cat*.

– D'accord, mon pote, je viendrai un de ces quatre… mais je ne te promets rien !

– Et toi ? Ça va ? Tu ne m'as pas dit l'autre jour.

– Oui, je suis toujours dans ma symphonie, tu sais, je bosse dur. Je dois terminer à la fin de l'année. J'ai un client. C'est pour de la pub, mais c'est mieux que rien.

– Génial ! Je suis content pour toi !

Il prend son violon et joue quelques notes…

On a appris ensemble, au conservatoire. Après on a suivi des routes différentes : il est resté dans le classique, j'ai bifurqué dans le rock.

– John, je voulais te demander un service.

– Si je peux…

– Je peux pieuter ici quelque temps ?

– Oui, mon pote, mais je te préviens je joue la nuit aussi.

– Bon je vais faire provision de bouchons d'oreilles. Merci.

– De rien, mon pote, si t'es dans la mouise, tu sais que je suis là.

– Je sais, Johnny.

– Mais explique-moi un peu ce qui se passe. L'auberge est pleine ?

– On va dire ça comme ça… Il y a deux, trois personnes que je veux éviter, pour le moment…

– Ah, les femmes…

Il se marre, et moi aussi.

Je vais revenir au *White Spirit* pour prendre des affaires puis je m'installerai chez John. Pas envie de voir Marla le pot de colle, pas envie de voir Lukas, pas envie de voir la rousse. Pourquoi ? Je ne sais pas. Juste envie d'être comme Johnny, et de ne rien voir du tout. Une impression d'étouffer, comme *là-bas*. On est assez loin de l'auberge je ne devrais croiser ni les uns ni les autres, au moins jusqu'au concert de jeudi. Ici, je suis tranquille.

Là-bas.

Dans la cellule, on était trois avec Joe Cavanho et Brad Pet. Le premier est tombé pour braquage à main armée. Le second pour trafic de drogue. Ils jouaient les méchants, mais des trois j'étais le seul meurtrier. De ce fait, bien que j'en sois pas fier du tout, j'avais comme un panneau au-dessus de la tête avec le mot « RESPECT » écrit dessus. Les matons me respectaient aussi, parce que j'avais éliminé une racaille de hooligan.

Mes deux colocataires étaient coincés de ce côté du mur pour aussi longtemps que moi, il a bien fallu s'occuper.

C'est comme ça que j'ai commencé à jouer les profs.

} A {

La rage ?

Pour elle, c'était la peur.

Elle a défait sa ceinture, elle est sortie de la voiture, chancelante. Elle a fait quelques pas et elle est tombée, sonnée.

Je voyais sa main, son visage en sang et ses yeux grands ouverts… me suppliant de rester.

Lie on the grass

Look at the moon

The lousy stars

Je pense qu'elle va bosser.

On la suit ?

10

Amy

C'est mon premier soir de boulot. Je stresse un peu.

Je l'ai attendu, même si je ne veux pas me l'avouer. J'ai attendu qu'il apparaisse avec sa tronche d'Indien mal dégrossi. Mais rien, pas d'Angus en vue. Perdant patience, à l'heure du thé, j'ai demandé à Lukas.

– Dis-moi, tu sais où est Angus ? On ne l'a pas vu depuis hier.

– Non. Ou plutôt si. Il est chez Johnny. Il a récupéré quelques affaires. Je crois qu'il va dormir là-bas. Pauvre Angus, le *White Spirit* lui sort des yeux, en ce moment.

– Ah ? À cause de…

– À cause de Marla, je suppose. La blonde qui lui colle aux fesses. Tu vois qui ?

– Oui, elle m'a déjà fait comprendre que c'était chasse gardée.

– Tiens donc ! Il a bien fait de prendre le large… Je vais lui parler moi à Marla. Faut qu'elle te lâche les baskets.

– Pas grave… Qui est Johnny ?

– Son professeur. Enfin ce n'est pas tout à fait un professeur. Disons qu'il joue du classique et qu'il a eu l'occasion de faire plus d'étude qu'Angus…

Il se gratte le crâne avec l'envie d'en dire plus, mais j'ai l'impression qu'il ne doit pas.

– Je vois… On ne le verra pas avant jeudi, alors ?

– Je crois bien que c'est ça, ma petite dame…

Bon. Il n'y a plus qu'à attendre ou à passer à autre chose…

– Et pour ton job ? Ça va se faire ?

– Oui ! J'ai trouvé une place dans un restaurant… Pas très loin en plus. Je pense qu'avec un vélo, ça pourrait aller.

– C'est où ?

– Salford. « Au Civet de Lapin ». Tu connais ?

– Non. Mais c'est très drôle.

– Le nom du restaurant ? Oui, ils ne se sont pas foulés ! En français, ça sonne assez moche. Je suppose que pour un Britannique c'est exotique ?

– Non… pas le nom. Le lieu.

– Pourquoi le lieu ? Ça m'a paru sympa comme quartier.

– C'est très très très sympa ! C'est bien pour ça que Johnny y habite !

– Hum ? Et alors ?

– Et alors tu risques de croiser Angus plus souvent que tu ne l'espérais… Pauvre Angus.

– Très drôle ! Tu sais où je peux louer un vélo ?

– Nope. Prends le bus. Le 102. C'est rapide et on ne te le volera pas.

– D'accord, merci pour les infos !

– Et ne dis rien à Marla, si jamais elle t'en parle, garde ça pour toi.

Je promets et je file. On m'attend au *Civet de Lapin*.

Bus 102. Presque vide. Salford ne doit pas être un quartier très couru, mais c'est vrai qu'on est en semaine. Je surveille les arrêts. J'ai demandé à un vieux gars de m'indiquer où je dois descendre. Pourvu qu'il ne m'oublie pas. Mais au bout d'un quart d'heure, il me hèle :

– Miss ! C'est ici ! Le prochain !

Je le remercie et je saute du bus…

Je vois l'enseigne du restaurant, qui représente un gros lapin debout et rigolard. Il se marre sans doute juste avant d'être mangé.

Je pousse la porte un peu intimidée.

L'accueil est chaleureux, comme l'endroit. Clair, gai, c'est un endroit bien sympathique. Les présentations sont faites avec le personnel, Nathalie m'emmène en cuisine. Mon binôme est là. C'est Julien, un vieux type rigolo. Il m'explique tout ce qu'il faut faire, m'indique les endroits où sont placés casseroles, assiettes, produit d'entretien. Les cuisiniers travaillent de l'autre côté des cuisines, et les serveurs restent en salle. Tout le monde est polyvalent, et tout le monde est sensé remplacer l'autre au pied levé. À l'ouverture, à 17 h 30, il y a déjà du monde qui attend dehors.

C'est parti pour une soirée de folie.

} C {

On le suit.

C'est magique, on peut suivre les deux en même temps.

Une chose que je regrette : il ne m'a pas prise dans ses bras.

Il y avait déjà trop de monde autour de moi

Je l'ai vu attraper le couteau que mon assassin tenait encore dans sa main gauche et il a frappé,

frappé,

et encore frappé.

Jusqu'à ce que le sale type tombe, lui aussi.

Après tout est devenu noir, puis blanc.

Il n'a même pas pu assister à mes funérailles, mais j'ai assisté à son procès.

C'est triste.

Angus

Je sors de chez Johnny. C'est pratique, avoir un endroit où dormir quand la pression se fait trop forte au White Spirit, quand tout m'emmerde. Un refuge agréable, mais oppressant à sa manière. Vivre avec une personne aveugle n'est pas de tout repos. John a ses habitudes : tout a sa place. Il faut donc faire attention à ne rien déranger : le briquet ici, le pichet à eau là, et surtout pas ailleurs, et ce, pour des dizaines d'objets dans la maison, de la serviette de toilette au déodorant en passant par l'eau de javel. Sans repère visuel, John perdrait trop de temps à tout chercher. Bref, *chaque chose à sa place* prend ici tout son sens.

Dehors, il fait frisquet. Un nouveau restaurant vient d'ouvrir, son enseigne ringarde éclaire toute la rue. Un putain de lapin immonde.

Le 102 arrive… Je monte devant tandis que les passagers sortent par l'arrière. Quand l'engin redémarre, j'ai le temps d'apercevoir une rousse qui entre dans le restaurant français… Elle ressemble à Amy. Décidément cette nana me tape sur le système, je la vois partout.

Vingt minutes plus tard, me voilà à l'auberge. J'essaie d'y passer une fois par jour, les gars ont besoin de moi.

— Salut, Joe, tout va bien ?

– Oui Chef, ça roule comme on veut.

– Pas de problème particulier ?

– Non, c'est comme d'habitude. Plutôt calme pour un mercredi.

– La rousse est toujours là ?

– Oui, oui ! J'ai cru comprendre qu'elle avait trouvé du travail. Dans un restaurant français.

Je tilte.

– Le Civet de Lapin ?

– Un nom comme ça oui ! Mais comment tu sais ça ?

– Je lis dans tes pensées, Joe…

– Arrête, ne déconne pas ! C'est interdit de faire ça !

– T'as la trouille, hein t'as peur que je sache combien de bières tu t'enfiles tous les soirs pendant ton service…

– Non ça, ça va…

Il se marre…

– Au fait : Lukas voulait te voir, mais je ne sais pas pourquoi.

– Très bien, il est là-haut ?

– Yep !

– J'y vais alors…

J'espère ne pas croiser Marla, mais tout est calme, le hall est vide. Pas d'anniversaire, pas de fête celtique, rien ce soir. Le calme plat.

Lukas m'accueille avec un grand sourire.

– Hey hey, mon ami ! Tu reviens, ou tu passes ?

– Je passe.

– Assieds-toi avant de tomber sur le cul, j'ai de grandes nouvelles.

– Tu as gagné au loto ?

– Presque. On peut parler de gros lot.

– Accouche.

– Marla.

– Quoi, Marla ?

– C'est le gros lot.

Devant ma perplexité, il continue, hilare :

– Je sors avec Marla, mon pote ! Je suis allée la voir chez elle pour lui dire de laisser Amy tranquille, et là, elle m'a sorti le grand jeu… la totale ! On a fini au pieu ! C'est le grand amour !

Il a bien fait de me faire asseoir.

– Marla et moi ! Tu te rends compte ?

Je me rends compte que Marla est encore plus folle que je ne pensais, mais bon, pourquoi pas ! Je suis content pour Lukas, vraiment. Même si je me doute que ça ne va pas durer.

– Donc au final je vais peut-être passer du temps là-bas si tu vois quoi. Hum ?

– Hum ? Quoi hum ?

– Angus ! Réfléchis un peu ! Tu vas pouvoir faire tes petits trucs avec Amy ! La chambre est libre, profite.

– On dirait que tu oublies quelque chose !

– Quoi donc ?

– Un : t'es fiancé, deux : Amy ne sera peut-être pas tout à fait d'accord !

Il rigole…

– Oui… Bon, je sais que je suis fiancée, mais ce n'est pas sérieux avec Marla. Et toi, enfin, tu peux quand même essayer non ? Je sens un truc entre vous deux là !

– Lukas, on s'est croisé trois fois avec Amy.

– D'accord, mais ça veut ne rien dire !

– Laisse tomber… Je suis content pour toi et Marla, sincèrement, mais ne t'occupe pas de moi et Amy, s'il te plaît… Il n'y a rien entre nous.

J'ouvre la porte et je lui adresse un petit salut façon reine d'Angleterre…

– Comme tu veux mon pote… comme tu veux.

Besoin de remettre de l'ordre dans mes idées. Marla et Lukas, c'est parfait. Amy à Salford, c'est parfait.

J'ai menti à Lukas.

On en est là. Des petites pensées, des petits espoirs, des petits bonheurs dérisoires. Loin des grandes phrases, loin des grands desseins. On se retrouve comme dans une mauvaise série télé, à parler de choses anodines, à penser à des conneries, du genre : est-ce que je lui plais ?

L'amour rend con.

Là-bas

Joe était quasiment illettré et Brad c'était pas mieux. Quand ils m'ont vu sortir les livres et les cahiers, je suis passé pour encore plus dingue. Mais ils ont fini par comprendre et par jouer le jeu.

Tous les matins, c'était la leçon d'une heure, dans la cellule. L'après-midi, c'était les exercices. On a pris le rythme. Doucement, on a commencé à voir plus loin que le bout des barreaux.

À faire des plans sur la comète.

À rêver à ce qu'on allait faire après, qui ressemblerait à autre chose que des plans foireux.

À imaginer une vie sans elle.

} A {

L'amour rend beau, aurait dit Sylvester.
J'ai encore de l'humour, tu vois.
OK, un peu nul, mais pas mal pour un mort.
La mort.
On y revient.
Elle m'a simplement tenu la main.
Breathe
Breathe
Breathe
Expire
La chanson s'est terminée…
La vie aussi.

Elle bosse dur, tu as vu ?

11

Amy

Mon premier soir a frisé la perfection.

Je suis restée en cuisine, sous les ordres de Julien. On a pas mal discuté, avec tout le staff, l'ambiance est bonne. Le Chef et patron, Christian, en apprenant que j'avais mon diplôme, m'a proposé de le remplacer occasionnellement. Il faudra que je fasse mes preuves, mais j'aime autant. La cuisine c'est quand même plus sympa que la plonge. Après avoir fini de tout ranger, vers les 1 h du mat, je me demande s'il y a des bus encore à cette heure-ci… Julien m'a dit que oui, mais ils sont plus distants. Il faudra que je patiente peut-être pour le prochain bus de nuit.

Dehors il fait froid, mais Dieu merci il ne pleut pas.

– Amy.

Je me retourne, pensant que j'ai oublié quelque chose dans le resto, mais non.

C'est Angus.

– Qu'est-ce que tu fais là ?

– Je t'attendais.

– Tu m'as suivie ?

– Non, j'habite chez un pote, juste là.

Il me montre l'immeuble juxtaposé au Civet de Lapin. Heureusement que Lukas m'a briefée sinon j'aurais eu du mal à le croire.

– C'est énorme, les coïncidences, parfois.

– Oui. Tu attends le bus ?

– C'est ça… Je n'ai pas encore de vélo.

– Le prochain est à 2 h 15… tu veux attendre ou tu préfères marcher ?

– Merde… Va vraiment me falloir un vélo avec ces horaires.

L'enseigne du Civet de Lapin s'éteint brusquement. On se retrouve dans l'obscurité.

– Je crois que je vais marcher…

– Je marche avec toi.

– Pas la peine, si tu habites ici maintenant…

– Oui, mais on ne sait jamais. Une mauvaise rencontre.

} C {

Quatre ans d'enfer.

Là-bas, comme il dit.

Quand il est sorti, Lukas l'attendait, Johnny aussi.

Je ne l'avais jamais quitté.

Ils étaient tous devenus autre chose, ils avaient changé.

Forcément.

Ses cheveux avaient poussé.

Depuis deux ans, il s'occupe comme il peut en essayant de tourner une sacrée page.

Ils sont deux maintenant.

Elle et lui. Tu sens, l'odeur ?

C'est l'odeur des sentiments… On ne peut plus rien sentir d'autre.

Fini l'odeur du poulet frit, ou du chocolat !

Mais les sentiments, ça…

On est deux maintenant, toi et moi.

On aura peut-être droit au paradis, qui sait ?

Angus

On a mis une heure pour rentrer. C'était très agréable jusqu'à ce qu'on parle de nous.

J'ai écouté sa soirée de boulot, ses collègues de travail, rien de personnel. J'ai parlé de Johnny et de ses leçons de violon.

Et puis, plus ça allait plus ça me démangeait.

– Je n'arrive pas à croire que tu te sois barrée comme ça. Il s'est passé quoi ?

Elle comprend tout de suite que je parle du concert.

– Trop de trucs à la fois, je gère pas.

– Quels trucs ?

– Les gens.

– Moi.

– Toi.

Je m'arrête en pleine rue. On arrive presque au White Spirit.

– Amy ? Regarde-moi.

Elle lève les yeux au ciel.

– Je suis fatiguée, Angus, ce n'est pas le moment.

– Amy, tu ne peux pas nier qu'il se passe quelque chose.

– C'est vrai. Mais je ne suis pas prête.

– Pourquoi ? T'as un mec ?

– C'est quoi ces questions, Angus ? On se connaît depuis même pas une semaine.

Elle se met à marcher en accélérant le pas.

– C'est pour savoir si je dois continuer à penser à toi.

Elle n'est pas surprise. C'est vrai que je dois être chiant et lourd.

– T'es pas obligée de répondre tout de suite.

Je la suis comme un toutou.

} A {

Il la suit comme un toutou.

Elle est venue ici pour guérir. Guérir de moi.

C'est étrange de se sentir comme une maladie
pour quelqu'un qu'on a tant désiré...

Six mois.

Dans six autres mois, elle m'aura oublié.

On est là pour ça, non ?

Toi et moi ?

Au paradis ?

Pour eux, je crois que le temps se gâte...

La chanson est finie.

12

Amy

Il me suit comme un toutou.

Lui parler d'Alex, lui parler de la mort d'Alex, lui dire que je me sens si mal, si vide, si dénuée de tout désir que je me demande s'il va me sauver ou m'enfoncer.

Pas prête à me jeter à cœur perdu dans une autre histoire. Voilà la vérité. Et elle m'éclate à la figure comme un ballon de baudruche.

– C'est compliqué. Et puis tu disais quoi ? Que tu ne voulais pas avoir de soucis à cause de moi ? Hé bien, moi, c'est pareil. Je n'ai pas besoin de ça en ce moment. Je suis venue chercher un job. J'en ai trouvé un et dès que je peux, je me casse de l'auberge. Pas besoin d'un boy friend qui va me pourrir la vie avec sa musique de dingue, ses sautes d'humeur, ses cheveux partout et ses petits secrets. Voilà.

Il écarquille les yeux. Tiens, prends-toi ça dans les dents, Geronimo.

– Au moins c'est clair… Merci de ta franchise.

J'ai touché où ça fait mal.

– Tu es arrivée. Bonne nuit.

Il fait demi-tour, vaincu.

Qu'est-ce que je suis conne et méchante. La reine des idiotes. Pire que Marla. Ce n'est pas possible d'agir comme ça.

Qu'est-ce que tu attends ? Cours-lui derrière !

– Angus !

Au bout de rue, j'aperçois encore sa silhouette.

– ANGUS !

Il s'arrête net sans se retourner. Il m'attend.

Essoufflée, je m'arrête derrière lui. Ma voix n'est plus qu'un murmure.

– Angus, regarde-moi.

Alors il se retourne et je lis dans ses yeux toute la peine que je lui ai causée. Je reste immobile face à lui, ridiculement petite, j'ai froid.

– Parle, bon sang, dis quelque chose, Angus.

Au lieu de ça, il m'attrape à bras le corps et m'embrasse.

En une seconde, j'oublie tout.

Il entre dans ma vie comme on sauve un noyé.

À bout de souffle.

} C {

« *Pourquoi on ne voit plus rien* » *?*

Tu oses demander ?

Tu te crois sur YouPorn, ou bien ?

Tu t'es trompé d'endroit, mon ange, pour les scènes intimes, fallait aller l'étage plus bas, en Enfer…

C'est comme ça !

Nous, on reste à la porte…

Je n'aurais pas cru qu'ils en arriveraient là si vite…

Je suis un peu étonnée.

Tu vois, on se trompait.

Si elle voyait tes ailes… il me semble qu'elles poussent encore !

La chanson continue.

Je veux voir la fin du film.

Ce n'est pas encore le générique.

Commence à rassembler tes plumes, Alex.

.

Angus

On a passé la nuit ensemble.

Elle m'a lavé de mes doutes.

J'adore sa peau, sa voix, ses yeux, ses mains, sa bouche.

Sa pureté.

L'impression, en la touchant, de me débarrasser enfin d'un énorme fardeau plein de merde.

Elle m'élève.

J'ai perdu mon temps à imaginer une vie sans elle.

Au bout de trois ans, mes deux camarades de cellule ont passé leur diplôme du second degré et j'ai fini ma thèse d'harmonie. On s'est retrouvé dehors avec des projets : Joe est venu bosser avec moi, Brad est parti à Londres étudier la physique, on ne s'est pas revu depuis une bonne année. Un coup de fil de temps en temps — Salut l'Autiste, comment tu vas ? — pour se rappeler de cette bonne vieille cellule, et c'est tout.

} A {

Tu te méprends sur mes intentions !
Je ne suis pas celui que vous croyez, mademoiselle.
J'ai un cœur pur moi aussi.
Tu m'as appelé « mon ange » ?
J'aime beaucoup...
Moi aussi je veux voir la fin du film.
Tu crois qu'on sera dans le générique ?

13

Amy

Lukas a débarqué sur les coups d'onze heures.

– Ah ah ! DEBOUT LES AMOUREUX !

– Ta gueule, Lukas…

– Je le savais, je le savais, je le savais !

– Fais moins de bruit, on dort.

— No way ! Debout là-dedans ! Amy, Angus ! LEVEZ-VOUS !

– Oh bon sang, mais c'est quoi ton problème ?

Angus lui envoie son oreiller en maugréant puis il revient se coller à moi…

Je n'arrive pas à y croire. Angus, la star du *Smiling Cat,* le dernier des Mohicans, là, dans mes bras… Une demi-seconde, je pense, à Alex. Mais son image est tellement fugace, tellement floue…

Je vais commencer à t'oublier, Alex, vraiment. Peut-être que là où tu es, tu n'attends que ça pour partir… Peut-être que les âmes ne sont vraiment libres que le jour où plus aucun souvenir de ce qu'ils ont été sur Terre ne subsiste dans aucune mémoire, chez aucun être vivant, quand la chaîne qui unit les morts à leurs souvenirs devient si ténue qu'elle se brise, à jamais.

Commence à rassembler tes plumes, Alex, je veux bien participer à l'élaboration de ton aile gauche, celle du côté cœur…

Je te rends ta liberté, mon amour.

Je reprends la mienne.

J'ai l'impression de vivre une seconde rupture, plus douloureuse encore. Malgré moi, mes yeux s'emplissent de larmes, alors je m'enfouis un peu plus dans les bras d'Angus. S'il me voit pleurer encore il va vraiment penser que j'ai de gros problèmes…

Alors que je viens d'en résoudre un.

On a fini par descendre déjeuner. Angus a remercié Lukas d'avoir dormi ailleurs. J'ai l'impression que ces deux-là ont tout manigancé à mon insu.

Dire que j'ai failli tout faire foirer.

} C {

Ah ! Elle l'a dit : tu étais son problème.
Dur à entendre, mais la vérité n'est pas toujours
très agréable.
Tes ailes sont prêtes je crois.
Saute, tu vas voir.
Tu peux voler.
Tu ne sais pas encore, mais je t'apprendrai.
Promis.
Regarde tu deviens transparent.
Elle t'oublie.

Angus

On déjeune ensemble, face à face. Elle sourit, alors je souris aussi. C'est toujours très con, un couple d'amoureux. Mais je n'en ai rien à foutre : je suis heureux d'être très con, ce matin.

On parle de tout de rien, du lait dans la bouteille, du soleil dehors… de Lukas qui a dormi dans une autre chambre, avec Marla. Puis c'est l'heure des confidences. Avec les filles il y a toujours un moment dans la journée où c'est l'heure des confidences.

— Alors, Angus… C'est quoi ton secret ?

— Mais je n'en sais rien ! C'est Lukas qui délirait…

— Tu n'as pas une petite idée ?

— Hum… Si. Bon, écoute… On est… ensemble.

— Je crois bien qu'on est ensemble oui. Mais ce n'est pas un secret ça !

— On pourrait dire : hop c'était sympa, mais c'est fini. Non ?

Elle se met à angoisser, je le vois sur son visage.

— On pourrait, oui, mais tu veux en venir où ?

— Hé bien, pour ma part, on est ensemble. Voilà. Toi et moi : ensemble.

Quel naze. Je n'ai jamais été fort pour les grands discours.

} A {

Attends ! C'est trop rapide !
Ils sont ensemble. Ils sont ensemble.
Qu'est-ce qu'il a donc à répéter comme un
perroquet qu'ils sont ensemble.
Nous aussi, on est ensemble...
C'est vrai ? Tu m'apprendras ?
Et si j'essayais ? Pour le fun, allez...
Si je tombe, ce sera ta faute.

Regarde... REGARDE ! Je vole !

14

Amy

Il mange son porridge sans me regarder.

– Si c'est ta façon de me dire que tu m'aimes alors oui, on est ensemble…

– Tu comprends vite quand tu veux ! Tu es sûre que tu ne veux pas goûter ?

– Le porridge, non merci. Et le secret ?

– Ah oui. Bon puisqu'on est ensemble, je vais être obligé.

Je ris. Le roi des déclarations…

– Abrège…

– Hum, ce n'est pas facile.

Il redevient sérieux.

– Allez, je me lance. L'auberge est à mon père. C'est de ça que parlait Lukas.

Mon regard fait un bref tour d'horizon. L'auberge ? À lui ?

– Dans tes rêves ?

– Non, non, pour de vrai. Donc voilà : tu restes ici et tu ne paies pas. C'était ça le secret. Je te rendrai ton fric tout à l'heure.

– J'ai du mal à piger. Il y a une arnaque dans l'air ? C'est une blague ? Ton père est vraiment propriétaire de l'Auberge ?

J'hésite entre rires et… je ne sais pas quoi. Je suis perturbée.

– C'est ça. Je dirige l'établissement. Je suis le directeur.

Je reste estomaquée, tandis qu'il continue à manger sa pâtée pour chien.

– Tu rigoles ?

– Non… tu pensais sérieusement que mes deux pauvres concerts hebdomadaires au *Smiling Cat* suffisaient à me nourrir ?

– Et pourquoi tu vis ici ? Tu pourrais avoir une maison à toi, non ? Ça doit te rapporter un max une affaire pareille… ?

Je ne sais pas pourquoi, ça ne me plaît pas. Je n'aime pas cette histoire. Je n'aime pas savoir qu'il joue un jeu en permanence depuis le début. Celui du pauvre petit musicien fauché, alors qu'il est plein aux as et qu'il pense qu'il peut acheter tout le monde. Sa chambre, il peut se la garder.

Du coup, je ne sais plus si on est « ensemble ».

Je le laisse en plan avec sa saleté de porridge et son expression stupéfaite sur le visage.

Il croyait quoi ?

} C {

Oh là là, mais qu'elle est susceptible !

C'est vraiment une chieuse de première !

Non, mais c'est vrai, elle aurait pu tomber sur un
mec à la rue, comme Charlie, tiens.

Non, elle tombe sur le plus beau mec de
Manchester, qui n'est pas dans le besoin, et elle n'est
pas contente !

Comment t'as fait pour la supporter tout ce
temps ?

Je me demande vraiment si ce n'est pas une erreur,
s'ils sont bien faits l'un pour l'autre.

OK, ce sont les ordres d'en haut.

Mais quand même…

Regarde, non, mais il y retourne !

Fais quelque chose !

Arrête de voler deux minutes !

Angus

Ça passe ou ça casse, dit-on.

Non seulement ce n'est pas passé, mais ça s'est fracassé méchamment. Quelle merde. J'aurais dû fermer ma gueule. Je finis tranquillement mon petit déjeuner. Rien ne sert de courir, de se foutre en rogne, de hurler. Je débarrasse mon plateau, des filles m'observent en ricanant. Je monte, calme et résolu. Je ne lâche pas l'affaire.

On n'en a pas fini, Amy. N'oublie pas qu'on est ensemble.

J'ouvre la porte, elle est là dans son lit avec sa liseuse. Visage fermé. Colère sourde. C'est quoi son problème ?

– Amy ?

Pas un mot, pas un regard.

Je grimpe à côté et je m'assois comme elle, appuyé au mur.

– Amy… je m'excuse.

– Parce que tu penses que ça suffit ?

– OK, tu sais quoi ? Je vais aller vendre le White Spirit et donner tout le fric qui reste, après les salaires et les dettes, à Charlie, le SDF du 102. Après j'irai démissionner du Smiling Cat, parce que vraiment, c'est trop, cinquante livres par semaine, et je donnerai aussi mes bottes en cuir et mon manteau d'hiver. Ah ! Je sais ! Je vais couper ma longue chevelure qui te rend tellement jalouse, un coiffeur pourra sans doute t'en faire une perruque, pour cacher ton affreuse tignasse rouge ! Et puis j'irai jeter mon joli caleçon, celui avec les têtes de mort, qui te faisait tant rire hier soir. Puis je me rendrai, nu et chauve, à tes pieds, pour que tu me pardonnes. Ça ira ? Ah ? que vois-je ? Un tout petit sourire.

Elle pouffe.

– Tu dis des conneries, mais je ne vois pas où tu veux en venir.

– Je veux dire que je n'ai pas fait exprès d'être qui je suis, ni de tomber…

Je vais le dire, bordel.

– … amoureux. De toi, je précise, parce que les malentendus, j'en ai un peu ras le bol, là.

Elle soupire. Je ne sais pas si c'est bon signe ou pas. Je continue :

– Alors si tu veux payer ta putain de place dans cette putain de piaule, si tu veux aller vivre ailleurs, à l'autre bout de Manchester et te saigner aux quatre veines pour un appartement minable, et même si tu veux rentrer en France, c'est TON problème, mais avoue que ce n'est pas de ma faute…

Re soupir.

– Encore une fois, et je ne m'en lasserai pas : excuse-moi. Même si je ne sais pas de quoi.

Elle baisse la tête.

– C'est moi qui m'excuse. Désolée…

– Pas grave.

Je la prends dans mes bras. La crise est passée.

Nous restons là, juste posés l'une contre l'autre, dans un silence apaisé.

} A {

Qu'est-ce que tu veux que j'y fasse ?

C'est comme ça.

L'amour c'est plus fort que nous, plus fort que
tout.

Attends, ne bouge pas, on arrive aux confidences.

Ils vont parler de nous.

De nous.

Toi et moi.

Vous habitez chez vos parents ?

Aie ! Ne pas taper !

15

Amy

J'ai été tellement bête de réagir comme ça... Je profite de l'heure calme :

– Angus, je peux te poser une question personnelle, maintenant qu'on est ensemble pour de bon ?

– Oui

– Pourquoi tu as fait de la prison ?

– Amy... s'il te plaît. Laisse-moi le temps.

– Non Angus, je n'ai pas envie d'apprendre que tu es un violeur, un pédophile ou quelque chose d'horrible. Donc c'est maintenant ou jamais. On se débarrasse de tout ça maintenant. Il faut démarrer sur de bonnes bases et pas sur des non-dits et des secrets de merde...

Il est temps d'ouvrir la porte en grand.

C'était une autre vie

Une autre vie.

Il parle enfin.

C'est une histoire sordide qu'il vient de me raconter. Son histoire. Quelle claque je viens de prendre ! On traîne tous les deux nos fantômes : Clarisse et Alex, nos amours mortes.

C'est terrible, la vie.

– À toi.

– comment ça, « à moi » ?

– Tu crois que je ne vois rien ? Tu as tes valises pleines, toi aussi. Lâche le morceau. Je suis prêt à tout entendre.

– Ce que j'ai vécu n'est rien à côté de ce que tu as subi, Angus, je t'assure que ça n'en vaut pas le coup.

– Laisse-moi juge. Je veux savoir pourquoi tu es triste.

– J'ai perdu aussi un être cher.

– comment il s'appelait ?

– Alex. C'était mon amoureux. Il est mort en janvier.

– Comment ça s'est passé ?

Je suis un peu interloquée par sa question. Personne n'ose jamais demander. Personne n'en parle jamais. Les gens meurent et tout le monde les oublie très vite. Ne parlons pas des choses tristes, jamais. La mort n'est plus qu'un tabou.

– Un accident d'auto. Il est mort sur le coup.

– Et ?

– Et c'est tout. Il est mort, et c'est tout. Voilà.

– Hum… tu en es sûre ?

Il a raison. Je me mens à moi-même depuis des mois.

– Il est mort par ma faute. Je conduisais.

} C {

Et voilà.

Elle se rappelle de tout comme toi.

La chanson.

Elle souffre encore…

C'est bien : videz vos sacs, les enfants, et ensuite :
lâchez-nous les baskets !

Angus

Elle me raconte. D'une traite.

Un long silence fait place aux confidences. Au bout d'un moment, elle reprend :

– J'aurais dû le laisser conduire, j'étais novice.

– C'est la faute du connard d'en face. Pas la tienne. Il est devenu quoi, celui-là ?

– Il s'en est sorti sans une égratignure. C'est lui qui a appelé les secours.

– Et toi ?

– J'ai eu le nez cassé. J'ai fait une dépression. Et je suis venue ici.

– Merci de m'avoir raconté tout ça, en tout cas.

– Je ne sais pas si ça valait le coup, mais ça fait du bien.

– Alors oui, ça valait le coup. Et puis je comprends mieux ton départ du concert.

Intérieurement, je me jure de ne plus jamais rejouer cette chanson.

On a refait l'amour, passionnément, et c'est comme un médicament miracle pour nos cœurs en charpie.

} A {

Ils vont pouvoir continuer.
Nous aussi.
La route est longue.
Elle sera belle, parfois moche.
Mais ils y arriveront.
Tu vois cet avenir radieux ?
Un avenir qu'on aurait pu avoir.

Mais ce n'est pas grave.
C'est la vie.
Et toi et moi, on était fait pour se rencontrer.
Il nous reste l'éternité.

Lissons nos plumes,
il est temps de partir
« mon ange »...

Épilogue

Amy

De temps en temps, je repense à Alex. À ce qu'on serait devenu, s'il n'était pas mort. Mais il n'y a pas de réponse, on ne saura jamais. Laissons les âmes où elles sont. J'ai fait mon deuil.

Depuis deux semaines, Angus m'a embauchée au White Spirit : je m'occupe de l'intendance et de la cuisine du self-service. J'adore ça.

Lukas est reparti à Londres, Marla a disparu de la circulation. D'autres jeunes arrivent, pour l'année universitaire qui commence.

Joe l'Iroquois est parti rejoindre Brad à Londres mais nous avons un nouveau réceptionniste. Un vieux mec bien sympa : Charlie, un ancien SDF qu'on a souvent croisé dans le bus 102. Il loge désormais à l'Auberge, comme nous.

Angus continue les leçons de violon. Johnny l'a un peu tanné pour qu'il donne quelques récitals de classique, à Manchester pour commencer, et plus tard à Londres, si ça marche bien. Le smoking lui va à ravir, même s'il continue les concerts de metal avec les Life

Screams, deux fois par semaine, au Smiling Cat. Il a toujours ses fervents supporters, des nuées de minettes à ses pieds et ses fans chevelus.

En parlant de cheveux, je laisse pousser les miens. J'ai décidé qu'ils seront plus beaux que ceux d'Angus. Un jour.

– Allez, viens.

– Attends, Angus, j'écris quelque chose.

– À qui ?

– Aux anges, mon amour, aux anges…

Remerciements

Ce quatrième roman achevé est l'occasion pour moi de faire quelques remerciements que je n'ai jamais faits jusqu'ici, ingrate que je suis.

Merci à mon « Angus » à moi aux cheveux longs, qui m'encourage depuis le début sans faillir, et à mes enfants qui me laissent écrire sans me déranger — ou presque.

Merci à mes amis, fidèles d'entre les fidèles lecteurs, qui croient en moi depuis « La Femme qui tua Stephen King ». Ils se reconnaîtront.

Merci au MOOC « DraftQuest » qui m'a permis de reprendre le chemin de l'écriture, et à tous les amis participants qui m'encouragent chaque jour et que j'encourage aussi à écrire et à persévérer.

Merci à tous les amis auteurs autoédités (ou pas) avec qui on se serre les coudes et avec qui on partage beaucoup d'analyses et de tuyaux.

Merci à tous les abonnés Tweeter et à tous les fans Facebook que je ne connais pas forcément, mais qui partagent et diffusent sans faillir.

Merci à tous les lecteurs qui laissent gentiment un commentaire sur Amazon. La reconnaissance est un mal nécessaire, une motivation de plus pour avancer dans l'écriture.

Et **merci** à toi, nouveau lecteur, qui me lit par hasard peut-être, bienvenue dans mon univers.

Ce livre a été imprimé en Allemagne par BoD

Dépôt légal : dernier trimestre 2017